Meine Stadterlebnisse und das Coronavirus

Ljuba Kabzan

Ljuba Kabzan

Meine Stadterlebnisse und das Coronavirus

Eine Betrachtung

Impressum

Bibliografische Information der Deutschen Nationalbibliothek:
Die Deutsche Nationalbibliothek verzeichnet diese Publikation in
der Deutschen Nationalbibliografie; detaillierte bibliografische
Daten sind im Internet über http://dnb.dnb.de abrufbar.

Copyright © 2021 Ljuba Kabzan

Titelbild: przemekklos/photocase.de

Herstellung und Verlag: BoD - Books on Demand, Norderstedt

ISBN: 978-3-7534-3979-2

An Sie, liebe Leser,

mit dem Stück bunter Hoffnung an Sie alle in diesen schwierigen Zeiten.

Begegne dem, was auf dich zukommt, nicht mit Angst,
sondern mit Hoffnung.

Franz von Sales

Wer einen Regenbogen haben will, der muss den Re-
gen akzeptieren.

Dolly Parton

Auch aus Steinen, die dir in den Weg gelegt werden,
kannst du etwas Schönes bauen.

Erich Kästner

Inhaltsverzeichnis

1. EINLEITUNG: ESSEN GE-HEN IN DER STADT

Ich lebe in Deutschland und ich interessiere mich sehr darüber, wie die Ursprungsidee unserer Städte aufgebaut ist, vor allem hierarchisch. Ich lebe in einer größeren zentralen Stadt in Deutschland in einer Wohnung in einer angenehmen Gegend. Die Umgebung ist gut zum Einkaufen aber auch die Verkehrsanbindungen und die Fußgängerzone sind hier gut vorhanden. Freizeitmöglichkeiten, Sport, Kino, Gaststätten gibt es zahlreiche.

Doch leider ist mir aufgefallen, dass meine Lieblings Cafés und die Gaststätten immer leerer werden. Gestern saß ich fast alleine in einem asiatischen Restaurant. Die Leute kamen, um was zu bestellen und glücklich sahen sie dabei nicht aus. Sie gingen wieder, nachdem sie das Essen mitgenommen haben. Eine traurige Stimmung kam auf. Es war Winter, das Wetter aber angenehm. Das Essen hat gut geschmeckt, so häuslich, so frisch. Ich freute mich trotz der traurigen Gesichter der Menschen, die was zu Essen bestellten und wieder gingen.

Ich fühlte mich gut aufgehoben, etwas gab mir Sicherheit, eine positive Energie verspürte ich als ich mich in diesem asiatischen Restaurant aufhielt. In dem Restaurant waren Buddha Figuren. Das Essen roch nach häuslicher Küche, nach natürlichen Zutaten. Die Menschen auf der Straße, die ich aus dem Fenster betrachtete waren dunkel. Ich kann nicht erklären, ob es an der dunklen Kleidung lag, aber diese Menschen kamen mir in nicht ganz so heller Stimmung vor.

Daher waren die Farben dieser Menschen um mich herum dunkel, während die Sonne diese schattigen Menschen und die Straße am hellen Tag beleuchtete. Wiederum kann ich nicht wissen, ob ich auf der Straße auch nicht an diesem Tag vielleicht etwas schattig den anderen Menschen rüberkam.

Vielleicht ist es eine Zeit, in der alles so aussieht, als ob wir Menschen es nicht leicht haben. Etwas müde, vielleicht schlapp, das Ziel aus den Augen verloren, oder irgendwie nicht mit dem richtigen Fuß aufgestanden zu sein.

So etwas habe ich bemerkt an mir und den anderen Menschen an diesem Tag. Es ist gleichzeitig als ob meine Energie etwas schwächer ist als sonst seit ein paar Tagen, aber als ob mich eine seelenverwandte Energie so aufgefangen hat wie ich jetzt bin und mich so in diesem Moment haben möchte. Es ist mir ein unerklärliches Gefühl, aber kein Grund zur Sorge.

In Gedanken an diesen Restaurantbesuch verfalle ich in einen nachdenklichen Augenblick, dass ich neben meiner alltäglichen Arbeit, die mir gegeben ist, mich als Autorin sehen möchte.

Da ich fantasievoll bin und Gefühle in Worte fassen kann und das ohne Stress, ohne Pflicht, aber mit dem Wunsch etwas Eigenes zu entwerfen. Das neben der alltäglichen Arbeit. Diese Idee war vorhanden bei diesem Restaurantbesuch.

Heute beim entspannten Teetrinken in meiner Küche machte ich das Licht an obwohl es mittags war. Draußen war es düster und regnete. Das Licht der Lampe strahlte in meine Augen etwas heller als sonst.

Das kam gut, denn so konnte ich nachdenken.

Die Menschen wollen was Besonderes aus ihrem Leben machen, oftmals Menschen, mit denen ich Unterhaltungen führte oder aus Lebenserfahrung kenne. Mir wurde so klar, dass ich mich besser fühle, ein weiteres Ziel als meine alltägliche Arbeit zu verfolgen, das des Schreibens. Das machte mich fröhlich gestimmt und ich machte mich nachdem ich den Tee ausgetrunken hatte auf, um Gedanken in Worte zu fassen.

So richtig dörflich gelegen habe ich noch nie gelebt. Daher kann ich über diese Erfahrung nicht berichten, bloß als Reisen in eine Naturlandschaft, Berge oder ans Meer. In meiner Stadt gibt es in meiner Nähe eine

Bibliothek mit Zeitungen, Büchern, und Zeitschriften, die facettenreiche Themen unserer Welt vereinen.

Auch schon das Lesen der Medien und Nachrichten durch das Internet gefällt mir so sehr, dass es da für wichtig erscheint, über die Ursprungsidee der Städte zu erfahren, und zu berichten.

2. DIE ERSTEN STÄDTE UND LEBEN IN DER STADT HEUTE

Ich möchte im Folgenden über diese Ideen berichten mich aber nicht zu lange darin verharren. Interessant zu wissen, wie die ersten Städte regiert wurden.

Die politischen Strukturen in Städten werden als Gegensatz zu der monarchischen Regierungsform gesehen. Es entstanden hierarchische Städte Gedanken als Weiterführung der Monarchien schon ab 1085. Auffallend zuerst ist die Stadt Pisa als älteste bekannte italienische Stadt.

Die Idee damals war statt monarchische Regenten wie Könige Diplomaten oder auch Konsuls zu bestellen.

Die Begierde der Macht zu regieren war damals den Menschen bei Königen ein Dorn im Auge. Könige regierten sehr lange, wodurch es zu Machtmissbrauch kam in ihren Monarchien. So dachten die Menschen, und fanden eine Lösung darin, den Diplomaten oder Konsuls der Stadt diese Machtmissbräuche nicht zu erwünschen. Daher wechselten die ersten Diplomaten einer Stadt fast jährlich in ihrem Dienst. Solche Strukturen verbreiteten sich weiter nach Mailand im Jahre 1097 gefolgt von einigen weiteren Städten darunter auch Bologna.

Die Diplomaten wurden von einer wählbaren Regierung gesteuert. Die wählbare Regierung hatte an deren Spitze einen Verantwortlichen genannt *Podesta*, der eine höhere Macht über die Stadt besaß.

Das Interessante dabei war, dass dieser *podesta* in einer anderen Stadt beheimatet war, um keine Verbindungen zu der Stadt zu haben, in der er regierte. So konnte er seine Neutralität in allen Fällen seines Regierens bewahren.

Schön das zu wissen als richtiger Stadtmensch wie ich.

Die Städte werden heutzutage durch einen Oberbürgermeister und nachrangig durch einen Bürgermeister regiert. Es gibt regelmäßig Oberbürgermeisterwahlen, an denen die Bevölkerung teilnehmen kann. Der Oberbürgermeister ist ein Parteiangehöriger einer unserer gängigsten bekannten Parteien, die auch in der Landesregierung vertreten ist.

Im Bundestag sind die größten bekanntesten Parteien vertreten und die Parteien, die an der Regierung unserer Städte beteiligt sind auch. Doch in unserer Stadt gibt es auch kleinere unbekannte Parteien, die es in den Bundestag nicht geschafft haben, da sie zu unbekannt sind.

Parteien haben in unserer Stadt Einflüsse auf das Leben, Menschen stehen dahinter. Wir kennen die bunten Plakate vor den Wahlen mit immer neuen Gesichtern und auch mal alten Gesichtern. Wir kennen die Gesichter, die unsere Stadt verwalten. Jedenfalls einige davon. Sie kämpfen um ihre Gunst. Ich finde das manchmal zu viel, aber wichtig.

Es gibt eine Art Zuständigkeit für diese Menschen, wie zum Beispiel für Bildung. Straßenverkehr und Schienenverkehr, Bauamt, oder Kultur, während die dortigen Mitarbeiter verbeamtet werden.

So wird entschieden wo neue Wohnhäuser entstehen, neue Stadtteile, wo neue Einkaufszentren entstehen, Schulen, Nahverkehr, Fußgängerzonen, Kindertagesstätten, Spielplätze, Grünanlagen; da könnte man noch so vieles aufzählen. Die Baugesellschaften richten die Wohngegenden ein, sind auch für das Grün drum herum verantwortlich, für die Mietpreise. Sie werden in meinem Fall auch von der Stadtregierung mitverwaltet.

Wie schon erwähnt nutze ich gerne die Einkaufsmöglichkeiten in der angenehmen Fußgängerzone in meiner Wohngegend. Ganz unerwartet ist mir Folgendes passiert: ich kaufte im Supermarkt eine Packung Frischkäse ein. Was sehe ich heute: Haltbarkeitsdatum läuft morgen ab. Und jetzt? Ich habe noch den Weichkäse, normalen Käse, die Marmelade, um meine Brote zu machen. Diese müssen doch noch erst Mal aufgebraucht werden.

Morgen läuft das Haltbarkeitsdatum der Packung Frischkäse ab und die ist noch nicht mal geöffnet. Nun in meinem Haushalt kann so viel an einem Tag nicht verbraucht werden, also klebe ich einen kleinen Zettel an die Packung mit dem Haltbarkeitsdatum, um zu warnen, dieses Produkt ist bald nicht mehr frisch. Ich möchte in meinem Haushalt vermeiden, Lebensmittel wegzuwerfen.

Die Natur möchte einen sparsamen Umgang mit den wertvollen Ressourcen. Nahrungsmittel sind auch wertvolle Ressourcen unserer Natur. Wir wissen um die Überbevölkerung und um den Hunger in einigen Ländern der Dritten Welt.

Hinzuzufügen sind auch meine versehentlichen Einkäufe von Brot, dessen Haltbarkeitsdatum bald ablief. Nicht immer denke ich daran, mir das Haltbarkeitsdatum anzuschauen, wenn ich etwas kaufe aus dem Grunde des Vertrauens in die Lebensmittelindustrie und in die Lebensmittelgeschäfte, in denen ich üblicherweise einkaufe.

Die Bäume, die ich aus dem Fenster meiner Wohnung beobachte sind gerade im Winter sehr kahl. Ohne grün, ohne Blätter. Da gibt es einen großen Baum vor dem Fenster meiner Küche und meines Schlafzimmers. Dieser Baum ist groß und so kann ich ihn aus meinen beiden Zimmern beobachten.

Diesen mag ich gerne beobachten, um einfach zu entspannen. Ich erinnere mich gerne wie im Sommer da Eichhörnchen spielten. Jetzt im Winter sitzen oft Krähen auf den Ästen. Sie warten, fliegen weg, und dann sind wieder neue Krähen zu sehen. Sie krähen um die Wette in einem lauten Ton, den ich sogar in meiner Wohnung hören kann.

Ich bemerke die Krähen, wenn es tagsüber nicht besonders hell draußen ist, also bewölkt, grau, oder regnerisch, oder wenn die Sonne einfach nicht scheint. Sobald der Laut der Krähen vorbei ist, beobachte ich eine Stille. Der Baum steht da mit seinen dürren kahlen Ästen. Jetzt im Winter ist der Baum genauso wie alle anderen Bäume kahl. Kaum zu glauben, dass im Frühling wieder Blätter aufgehen und wachsen. Im Frühling wirkt der Baum lebendiger. Jetzt ist er so ohne grün, einige Äste hängen einfach so runter, brechen aber nicht ab.

Trotzdem ist die Stimmung besinnlich, ruhig zu Hause. Es ist warm und gemütlich. Ich freue mich über mein Stadtleben.

Das Baby meiner Nachbarin an der rechten Seite meines Schlafzimmers macht Babygeräusche. Ich höre es durch die Wand. Wir haben dünne Wände. Schon lange höre ich es ab und zu weinen. Schon seit einer längeren Zeit, ungefähr fast über einem Jahr. Vielleicht spielt es auch manchmal. Da sind auch

Geräusche seiner Mutter zu hören. Sie kümmert sich um das Baby, denke ich.

Obwohl ich das Baby nicht sehe, freue ich mich, wenn ich es höre und es etwas von sich gibt, etwa ein Babygeräusch. Ich mag Babys und ich mag auch Kinder sehr gerne.

Wenn ich ein eigenes Baby hätte, würde ich es gerne mit Baby Brei füttern. Das sieht immer so süß aus, wenn Mütter ihr Baby füttern, mit seinem kleinen Mund ihm etwas Baby Brei zu essen geben. Das Baby ist dann immer an dem Mund etwas verschmiert mit Baby Brei.

Dann muss die Mutter es wegwischen. Und das Tuch muss sie waschen. Babys sind sehr süße und schutzlose Wesen, sie können nicht einmal alleine essen oder sich um sich kümmern.

Jedes Baby braucht seine Mutter oder Vater oder im allerbesten Fall ist es, wenn es Mutter und Vater gemeinsam sind, die sich um das Baby kümmern.

*

Heute waren auch viele Kinder um mich herum. Ich war mit einer Freundin, die ich schon sehr lange kenne in unserem gemeinsamen Lieblings Café in meiner Stadt. Wir haben es uns gemütlich gemacht und ein warmes Getränk bestellt. Sie einen Cappuccino und ich eine heiße Schokolade. Das Café ist klein, die Menschen waren bei einander an hölzernen Tischen und Stühlen platziert, an einigen Stühlen lagen bequeme Kissen, es gab auch Bänke mit weichen Kissen. Die Kissen hatten schön auffällige leuchtende Farben und Muster.

Die Heizung war auf warm aufgedreht, während es draußen winterlich kalt war. Die Stimmung war gemütlich und es roch bitter. Jedoch mochte ich dort verweilen als einen Ort meiner Geselligkeit.

Gerade als dieses nette Treffen stattgefunden hat und ich das intensiv schreibe, ist es Winter und ziemlich kalt. Da tut so ein warmes Getränk mit der Freundin in unserem Lieblings Café so richtig gut. Es tut gut, sich zu unterhalten mit einer Freundin, die mich versteht und auch gut zuhören kann. Ich habe auch bei ihren Angelegenheiten, die in ihrem Leben stattfinden zugehört. Im Café waren viele nette Menschen und auch viele Kinder mit ihren Eltern. Die Kinder spielten und einige tobten auch. So sind eben Kinder, sie brauchen das Toben.

Die Kellner kennen uns schon, wir gehen ab und zu hin. Anschließend am Markt spazieren mit der Freundin und dann haben wir uns verabschiedet und nach Hause gegangen. Zu meinem Erstaunen bemerke ich manche schöne Bauten in dieser Gegend. Es haben einige Renovierungen gegeben.

Man guckt ja nicht ständig nach oben wenn man vorbeiläuft. Jedoch habe ich mal geguckt, besonders gestern und auch heute, und finde, dass die Gebäude einen sehr schönen und besonderen Baustil haben. Natürlich nicht alle, einige Gebäude haben einen Baustil, der sie zu besonderen Gebäuden macht.

Diese Gebäude möchten nicht einfach irgendwelche langweilige Häuser sein. Ein Haus sieht nicht wie das nächste aus. Wenn ich vorbeilaufe, schaue ich wenig hin. Wenn ich mal vorbeischaue bemerke ich Gesichter als Skulpturen an den Gebäuden als Verzierungen in einem barocken Baustil. Das sieht so herrlich aus, so elegant. Wie konnte ich das heute zum ersten Mal bemerkt haben, wenn ich doch schon so lange hier wohne?

Geflochtene Muster verzieren die Fensterbänke wie ein Zopf einer Frau.

Jedes von ihnen ist nach einem besonderen Baustil gebaut und manch ein Gebäude sieht besser aus als ich es noch in Erinnerung hatte. Wie gesagt, es hat einige Restaurationen gegeben. Ich würde den Baustil historisch beschreiben. Gleichzeitig aber nicht altmodisch. Die Balkone einiger dieser Gebäude sind elegant verziert. Schade noch, dass manch ein Gebäude nicht so strahlt wie das andere, aber die Mischung macht's.

Einige Häuser haben einen Ziegelbau und bestehen komplett aus Ziegeln. Wie Kamin.

Einige Häuser sind sehr monoton und bloß viereckig geformt, ohne jegliche Muster. Sie sehen aus, als ob sie bloß ihren Zweck als Gebäude oder Haus erfüllen. Und dann gibt es noch die kleinen Häuschen hier in meiner Wohngegend und auf der Fußgängerzone, mit geschlossenen Rollos.

Gerade die gläsernen Hochhäuser gibt es in einer anderen Gegend, da wo ich mich weniger aufhalten muss. Die gläsernen Hochhäuser sind nicht mein Geschmack. Sie machen mir Angst und ein Unbehagen.

In dieser Gegend möchte ich nicht gerne wohnen oder sogar arbeiten. Hochhäuser sind nicht meine Idealvorstellung von einem schönen Lebensraum.

Wenn ich in die Stadtmitte gehe, treffe ich vermehrt diese gläsernen Hochhäuser in einer etwas näheren Entfernung an. Diese sind dunkel, sehr hoch und beängstigend. So sind im Stadtzentrum neue Hochhäuser gebaut worden, die am Rande der Fußgängerzone im Zentrum schon sichtbar sind. Dies ist aber eine andere Fußgängerzone als die in meiner Wohngegend.

Sie erscheinen in einem dunklen Ton. Obwohl es auch während eines sonnigen Wetters der auffallend dunkle Ton dieser gläsernen Hochhäuser hervorsticht. Ein seltsames, noch gewöhnungsbedürftiges Gebilde, diese Gebäude in meinem Stadtleben.

Da wo ich meine Wohnung habe sind die Häuser in einem Block ganz schlicht, ganz ohne historische Verzierungen.

Die historischen Häuser sind in der für die Stadt bekannten Gegend in der Fußgängerzone gelegen nicht weit weg von meinem zu Hause.

Auch um die Fußgängerzone herum sind einige Häuser malerisch. Aber was ich hier empfinde in meiner Wohnung ist, dass es mich nicht stört, dass das Gebäude meiner Wohnung schlicht ist.

Denn innen in meiner Wohnung ist es sogar an diesem kalten Wintertag warm und gemütlich. Das ist das Wichtigste.

Die Architektur meiner Stadt ist vielfältig. Von modern, bis historisch, über Avantgarde bis schlicht und einfach. Von allem was dabei. Ich beobachte das zwar lange. So wie heute habe ich das jedoch zum ersten Mal gesehen. Nun nehme ich mir vor, die Baustile meiner Stadt mehr zu beobachten, denn das haben die Architekten es sich verdient, sie möchten für ihre Werke auch Bewunderung.

Jetzt zieht ein Orkan auf in meiner Stadt. Überall gab es Unwetterwarnungen im Fernsehen und Internet. Es wurde sogar geraten, nicht aus dem Haus zu gehen solange es stürmt. Gefahr von umfallenden Bäumen.

Nun, eine kleine Schreibpause, um die Geräusche des Sturms zu beobachten. Es ist Abend.

Ich bleibe zu Hause. Türen und Fenster knallen schon ein wenig, aber nicht meine. Der Wind wird immer heftiger und auch das Knallen. Jetzt wird es Zeit das zu beobachten.

Nach einer Beobachtungspause muss ich feststellen, dass der Wind schon seit einigen Monaten heftig hier in der Stadt weht, Bäume und Äste hin und her wehen und es heftig unangenehm ist, sich nach draußen zu begeben. Mit einigen Pausen mit etwas Sonnenschein und Wärme ist dieses Märzwetter unangenehm kalt und düster, sogar finster.

Der Baum vor meinem Arbeitszimmer wackelt hin und her samt seinen Ästen. Es ist ein finsteres Geräusch von Böen schon seit einigen Monaten zu hören und ich frage mich, wann das endlich etwas nachlässt.

Ich will nicht den Starkregen erwähnen, der einem ins Gesicht samt den Windböen in Strömen einregnet und ich will gar nicht die Regenschirme zählen, die mir in dieser Zeit schon vom Unwetter kaputt gegangen sind. Der Wetterdienst warnt nicht mehr, jetzt ist jeder für sich verantwortlich.

Trotz Anfang März sind die Bäume kahl ohne eine einzige Knospe, die sich zum Öffnen bereit machen würde. Wenn die Sonne mal rausschaut, dann nur kurz und verschwindet wieder in wechselhafter Laune der Natur.

Jegliche Hoffnung auf bessere Zeiten des Frühlings vergeht von Tag zu Tag, jedoch möchte ich geduldig den April abwarten, denn Frühling als die Zeit des Erwachens des Menschen und der Natur nach dem langem Winter ist meine Lieblingsjahreszeit schon seit langem.

In meiner Nähe gibt es mehrere schöne Parks mit viel Grünfläche, die zum Verweilen in der Natur einladen.

Da kann ich es mir aussuchen, in welche Parks ich gehe. Ich war schon neulich trotz der kalten Jahreszeit in einem großen Park, um zu beobachten, wie es dort zugeht.

Das war ein Tag, den ich mir ausgesucht hatte, an dem es nicht so gestürmt hat. An diesem Tag machte das Unwetter eine Pause. Das Café im Park, das im Sommer gerne besucht wird war geschlossen.

Einige Menschen zog es an dem Nachmittag auch in den Park zum Spazieren gehen und Verweilen. Sie machten ihre Runden. Sie unterhielten sich.

Die frische Luft war angenehm. Das Abschalten von der Hektik des Alltags war wunderbar.

Der Wind ließ etwas nach, jedoch kam die Sonne nicht raus, es war bewölkt in dem Stadtpark. Sauerstoff zu tanken ist wichtig, wenn man in einer großen Stadt wohnt, denn hier sind viele Autos unterwegs, viele Busse, U Bahnen, die Abgase und schlechte Luft verursachen. Viele Menschen sind hier, wenig Platz zum Entspannen in der Natur. Dafür ist hier alles an einem Ort, Einkaufsmöglichkeiten überall und immer alles was man braucht vorhanden, ohne Entfernungen hinnehmen zu müssen, um etwas Wichtiges zu besorgen.

Trotz des unangenehmen Wetters ist es wichtig seinen Alltag draußen zu meistern sowie Orte zu besuchen, an denen der Aufenthalt Freunde der Geselligkeit bereitet.

So war ich neulich in einem französischen Café hier in der Fußgängerzone wo ich mir einen Kaffee bestellte.

Ich besuchte das Café ganz alleine, jedoch saß direkt neben mir rein durch Zufall einen Bekannte, die ich vom Sehen her kenne.

Wir begrüßten uns freudig, ich fragte sie was sie so macht...und es kam zu einer netten entspannten Unterhaltung in diesem französischen Café, an dem viele Spiegel an den Wänden ins Auge fallen.

Dieses Detail und die Speisekarte sowie die bunten Pralinen und Konditorei Angebote wie zum Beispiel

Törtchen lassen mich den Eindruck erwecken, dass es sich um ein französisches Café handelt, obwohl es auch Konditorei genannt wird mit einem deutschen Namen, dem Namen des Inhabers natürlich, seit mehreren Generationen ein Familienbetrieb.

Nicht zu verwechseln mit einem nahegelegenen anderem französischen Café, auch mit vielen Spiegeln an der Wand und einem interessanten mosaikartigen Muster an der Decke, das im Gegensatz zu diesem einen französischen Namen hat. In dem anderen Café gibt es statt der Pralinen eine größere Auswahl an Speisen, wie Omeletten, verschiedenen Salaten, und Baguettes.

Nun aber zurück zu diesem französischen Café mit dem deutschen Namen. Ich unterhielt mich mit der Bekannten etwas über das Leben hier in dieser Gegend. Sie wohnt auch hier in der Gegend und kennt dieselben Orte.

In diesem Café ist auch immer dieselbe Bedienung an der Theke, die ich schon seit einiger Zeit kenne.

Ich saß mit dem Rücken zum Spiegel und konnte mich nicht im Spiegel anschauen. Manchmal jedoch schaue ich in den Spiegel wenn diese an solch einem Ort hängen, nur aus Neugierde wie ich gerade aussehe an diesem Tag.

Solange mochte ich aber die Unterhaltung mit der Bekannten nicht fortführen, da sie mir vorkam, als ob die Bekannte nicht das Leben so bejahend vorzufinden war, sondern eher zurückhaltend und nicht ganz die Wahrheit sprach.

Das war mir unangenehm, denn ich dachte, wenn ich doch wüsste, was du wirklich machst, würde ich es besser wissen. Aber ich höre durch die Wände was die Nachbarn für Geräusche von sich geben, mal ist es auch ein Säge Geräusch, mal quietscht es, mal schneidet etwas, und ich denke manchmal, dass die Nachbarn es nicht leicht haben und sie etwas bedrückt, was ich nicht verstehe.

Oder einfach nicht sehe. Was haben die Nachbarn in diesem Haus für Sorgen.

So denke ich, so war es auch bei dieser Frau, obwohl es ihr nicht direkt anzusehen war. Aber innendrin war es verborgen, es kam zum Vorschein. Wie erwähnt, nur indirekt. Dieses Bleiche, Fahle an ihr war mir unangenehm, obwohl sie es nicht zugab. Ich verabschiedete mich freundlich, aber weniger mit der Absicht, es böse gemeint zu haben.

3. DAS BEKANNTWERDEN DES CORONAVIRUS IM MÄRZ 2020

Welt schließt Veranstaltungen, Schulen, Kindertagesstätten, Einschränkungen im öffentlichen Leben, Grenzschließungen, immer mehr Infizierte, keine Desinfektionsmittel in Geschäften, Seife und Toilettenpapier werden knapp, auch hier in Deutschland. Leere Regale, keine Nudeln...

Krankenhäuser, Gesundheitssystem und Politiker sind überfordert...wir alle warten auf die nächsten Meldungen. Einige Länder haben schon Ausgangssperre, sind wir die Nächsten?

Heute ist 15.03.2020: Coronavirus (COVID 19) breitet sich auf der ganzen Welt aus.

Einen Impfstoff gibt es bislang nicht. Dies kam ganz unerwartet, denn gerade habe ich mich von den monatelangen Stürmen und schlechtem Regenwetter erholt. Schon kommt die nächste unerwartete Nachricht.

Das bei dem ersten sonnigen Frühlingstag, da ist die Welt in Schreck und Angst versetzt worden, denn das neuartige Coronavirus breitet sich ungehindert aus China, Wuhan, nach Europa und in die ganze Welt aus, sogar Amerika und Russland sind in Panik. Unsere Bundeskanzlerin Angela Merkel empfiehlt auf soziale Kontakte bis aufs nötigste zu verzichten. Auf den offiziellen Informationsseiten im Internet des Bundesministeriums wird es empfohlen auf Cafébesuche und Restaurantbesuche zu verzichten.

Öffentliche Veranstaltungen sind abgesagt. Die Sportstätten haben bis auf Weiteres geschlossen, sodass ich meinen Sport in den Alltag nicht integrieren kann, so wie ich es sonst immer gewohnt war.

Die Menschen können nicht in den Zoo, ins Museum, Schwimmbad, Kinder sind bis vorerst bis zum 20.04.2020 vom Unterricht befreit, bekommen jedoch per Mail Hausaufgaben zugeschickt. Auch Universitäten haben keine Vorlesungen.

Prüfungen und das Abitur dürfen jedoch unter besonderen Hygienemaßnahmen stattfinden. Wer weiß, ob das tatsächlich eingehalten wird, wenn in den meisten angrenzenden Ländern schon Ausgangsverbot besteht und die Straßen immer leerer werden.

Die Symptome des neuartigen Virus COVID 19, auch Coronavirus genannt, sind Fieber, Husten, wie bei einer Grippe. Dann kann es bei einem geschwächten Immunsystem bei Menschen ab 50 Jahren, aber auch schon bei jüngeren Menschen zu einer Lungenentzündung, Atemnot, Nierenversagen kommen. In diesem Fall muss der Mensch auf der Intensivstation künstlich beatmet werden. Im schlimmsten Fall kann der Mensch von dem neuartigen Coronavirus sterben.

Deshalb sind Hygienemaßnahmen wie Händewaschen und Abstand halten sehr wichtig. In einigen Ländern tragen die Menschen Mundschutzmasken, hier in Deutschland ist es nicht immer der Fall.

Das Wetter hat sich inzwischen von den Stürmen erholt und es scheint die Sonne bei warmen, angenehmen Frühlingstemperaturen, die einem das Gemüt erwärmen. Der Frühling zaubert trotz der weltweiten Corona Krise ein freudiges Lächeln ins Gesicht. Wenn auch nur ein bisschen.

Gleichzeitig ist diese besorgniserregende Medienüberflutung mit Nachrichten über das Coronavirus stark vorhanden. Jeder in der Stadt weiß darüber, von jeder Ecke höre ich Fragen wie ist das Virus eigentlich einfach so in der Luft? Ach, die Symptome sind ja wie bei einer Grippewelle, wie Husten...? Und wir hoffen, dass es keine Ausgangssperre geben wird wie in unseren Nachbarländern.

Es ist eine dynamische Ausbreitung bei diesem Virus, das die Situation so gefährlich macht. Es gibt in unserer Stadt zwei Testzentren, an denen die Menschen sich bei Verdachtsfall mit einer Zuweisung testen lassen können.

Je nach Schwerefall wird bei einer positiven Testung auf das Coronavirus die jeweilige Person befragt, wie sie sich fühlt, was sie für Symptome entwickelt hat, ob sie Fieber hat und das Wichtigste, mit welchen Menschen die Person in den letzten zwei Wochen in Kontakt war, um diese Menschen auch gegebenenfalls zu schützen.

Wie die Person weiter versorgt wird, wird von den Ärzten entschieden, denn manchmal muss es sogar eine extreme Quarantäne im Krankenhaus auf der Intensivstation sein. So ist es, wenn starke Atembeschwerden, gefährliche Atemnot oder gefährliche Lungenentzündungen zu den Beschwerden gehören.

Spezielle Medikamente gibt es nicht, jedoch fiebersenkende Medikamente, Antibiotika, im ernsten Fall auch Beatmung auf der Intensivstation. Manche Menschen können sogar daran sterben.

Dies sehen die Politiker als Warnung an die Bevölkerung, etwas weniger ins Büro zu gehen, um im Idealfall das Arbeiten komplett von zu Hause aus anzustreben, im sogenannten Homeoffice. Nicht alle Berufsgruppen können das, so sind Feuerwehrleute im Einsatz aber auch Polizisten oder Beamte im höheren Dienst.

Natürlich ist das Medizinpersonal und Krankenpfleger, sowie Notfallsanitäter voll im Einsatz.

Das sind die Nachrichten, die mich in den letzten Tagen bis Wochen beschäftigen. Die Menschen sind verunsichert, gehen jedoch noch immer raus und manche möchten es sehr bei dem schönen Wetter, wenn auch nicht so lange wie im vergangenen Jahr um diese Jahreszeit.

Ein bisschen raus möchte ich auch und war das auch heute. An die frische Luft zu gehen ist wichtig, denn im Raum ist es den Tag über etwas stickig.

Da muss schon frische Luft in die Lunge rein, bevor es wieder vielleicht nicht so gutes Wetter gibt. Einige Menschen müssen jedoch in Quarantäne. Das ist besonders schlimm. Auch ich werde in den nächsten Tagen mehr Zeit zu Hause verbringen und weniger rausgehen, um der Ansteckungsgefahr entgegenzuwirken.

Heute habe ich was Mediterranes gekocht, Nudeln mit Pesto. Mediterran hat sich auch die Zeit in meinem Wohnzimmer angefühlt, einfach nur in Gedanken war ich irgendwo auf Südsee. Das hat sicherlich damit zu tun, dass ich mich nach wochenlangem Lesen von Medienüberflutungen über das Coronavirus etwas erholen wollte, nur um nicht gänzlich in schlechte Laune zu verfallen.

Zu meinem Erstaunen ist es in den letzten Tagen sehr schnell von Winter auf Frühlingstemperaturen um geschwungen und finstere Wolken haben sich etwas zurückgezogen. Da kam mir die Idee, mich in mein Wohnzimmer zu begeben, was ich sehr wenig

tue, da ich andere Zimmer wie Küche und Schlaf-
zimmer, beziehungsweise Arbeitszimmer bevorzuge.
Ich legte mich genüsslich auf die Couch, was ich fast
nie tue in diesem Wohnzimmer, da ich dieses Zimmer
eher für Besucher als geeignet empfinde. Heute aber
war ich es, die das Zimmer für mich einnahm.

Ich legte mich also auf die Couch und plötzlich
ohne jegliche Vorahnung kamen mir da Frühlingsge-
fühle auf, sowie Träume von Urlaub am Meer in Italien. In Italien war das so bei meinem letzten Urlaub
am Meer schon vor vielen Jahren, dass ich nach dem
Schwimmen am Meer noch etwas Wärme brauchte, da
es mir durch das kühle Meerwasser etwas von der
Sonne noch nicht gleich warm wurde.

Da das Wasser nicht gleich trocknete, deckte ich
mich mit einem Handtuch zu, bei meinem letzten
Italien Urlaub am Meer von mehreren Jahren. Auch
da ich das Wasser abtrocknen wollte um mich einzu-
cremen mit Sonnenschutz. Ich wollte ja keinen Son-
nenbrand. Ich lag bei meinem letzten Italien Urlaub
also auf einem Handtuch im weichen Sandstrand bedeckt mit einem weiteren Handtuch für eine kurze
Zeit bis das Meerwasser trocknete.

Diese Erinnerung kam mir gerade heute in der
schlimmen Zeit der Coronavirus Krise hier in
Deutschland in den Sinn, eine wirklich schöne und
angenehme Erinnerung.

Diese Erinnerung kam mir in den Sinn, als ich mich auf meiner weichen Couch im Wohnzimmer ausruhte und eine dünnere Decke nahm um mich zuzudecken. Nur so als Gefühl von Zeiten des Urlaubs am Meer an wirren Tagen des Ausbruchs des Coronavirus auf der ganzen Welt. Schade, dass Italien jetzt in diesen Tagen und Wochen besonders stark von der Corona Krise betroffen ist.

Hier in Deutschland dürfen wir uns nach draußen bewegen, es wird empfohlen, dies auf das Nötigste zu beschränken, wer das will und kann. Also war ich heute einkaufen, nur das Nötigste was ich im Leben und Haushalt brauche. Leere Regale in der Drogerie.

Die Regale in denen sich früher das Toilettenpapier befand, sowie weitere Hygieneartikel, waren buchstäblich leer. Ich war zutiefst schockiert, denn ich hatte das nicht erwartet. Schon seit einigen Wochen geht das so und es wird immer schlimmer.

Heute habe ich gedacht, bevor ich rausgegangen bin, dass die Regale wieder aufgefüllt werden würden. Es ist ja Montag, Wochenanfang. Dabei waren die Regale noch viel leerer als jemals zuvor in meinem Leben. Ich habe so etwas nie gesehen in Deutschland. Ich bin im mittleren Erwachsenenalter.

Das kennt man ja nur von der Zeit vor der Wende so um 1990 bis 1991 in Russland, besonders in Moskau. Dort standen die Menschen bei leeren Regalen vor einem kleinen Supermarkt Schlange an nur um Brot und Wurst einzukaufen. Die großen Supermärkte so wie wir sie kennen gab es dort noch gar nicht.

Deutschland ist im Ausnahmezustand. Es fehlt an allem.

Kein Toilettenpapier, keine Seife, fast keine Taschentücher, wenig Grundnahrungsmittel wie Brot, Gemüse und Obst. Milchprodukte waren im Lebensmittelgeschäft noch genug vorhanden sowie Wurstprodukte und Käseprodukte. Auch hier bei diesen Lebensmitteln waren die Regale nicht so aufgefüllt, wie wir es in Deutschland gewohnt sind.

Ich war auf der Suche nach Toilettenpapier im Lebensmittelgeschäft und in mehreren Drogeriemärkten. Fehlanzeige. Ich holte mir Kosmetiktücher.

In meinem schlicht gebauten, farblich eher weißen Wohngebäude höre ich gerade Staubsaugergeräusche von Nachbarn. Ich höre sie schon öfter von verschiedenen Nachbarn, von oben und auch von der Seite. Hier sind die Häuser geräuschempfindlich. Gerade staubsaugt jemand, höre ich. Menschen klingen in müden Tönen. Nicht so, dass es mich sehr stören würde.

Das Baby weint gerade und macht Babygeräusche. Das Baby von den Nachbarn von neben an. Ich höre wie es weint. Von der Wand von nebenan höre ich es.

Ich denke, die Wohnung ist aber so aufgebaut, dass man für sich ist. Höre jedoch ab und an das Baby oder einige Laute von den Menschen, die um mich wohnen. Oftmals frage ich mich, ob es denn den Menschen nicht so gut geht?

Glasige Wohnungen, glasige Geräusche und manchmal strenge Gerüche in einem betonierten Blockhaus. Man sieht es nicht, aber man hört es.

Dankbar bin ich um diese Wohnung trotzdem, die Lage ist gut. Sie ist zentral. Ich bin hier in Wärme und Geborgenheit. Bin hier sicher vor der Dunkelheit der Nacht, vor der finsteren, kalten Nacht. Ich habe Wärme hier, Licht wenn ich will, und Geborgenheit. Hier ist meine Wohnung. Meine Nachbarn lassen mich wissen, dass ich nicht alleine bin. Jetzt ist es Abend, ich bevorzuge es am Abend mit meiner Arbeit und beziehungsweise der Freizeit aufzuhören bis zum nächsten Tag. Mich auszuruhen.

Wenn sich die Gelegenheit ergibt werde ich den Coronavirus Fall, auch genannt COVID 19 hier in meinem Land und auf der ganzen Welt weiterverfolgen.

4. DIE ENTWICKLUNG DES CORONAVIRUS IM FRÜHJAHR 2020

Hier im Lande haben sich viele Menschen dazu entschieden soziale Kontakte möglichst zu vermeiden und zu Hause zu bleiben. Sportstätten haben jetzt nicht nur als Vereine, sondern auch nun als Fitnesscenter, Sauna, Turnhallen und die Eissporthalle und alle Schwimmbäder der Stadt bis auf Weiteres geschlossen.

Die Spielplätze wurden seitens der öffentlichen Stellen auch für das Spielen für Kinder geschlossen, wenn auch wahrscheinlich nicht alle Spielplätze. Jedenfalls alle in meiner Reichweite. Die Firmenmitarbeiter werden vermehrt zu Homeoffice aufgefordert, während Schulen und Kitas geschlossen haben.

Dies macht eine riskante Situationsveränderung des ganzen Lebens aus. Die Geschäfte haben vermehrt mit leeren Regalen zu kämpfen und immer noch sind einige Waren Mangelware.

Im Pflegeheim für ältere Mitbürgerinnen und Mitbürger in meiner Nähe sind Besucher nicht mehr erlaubt. Früher wurde es noch zu bestimmten Uhrzeiten erlaubt, die älteren Bürgerinnen und Bürger vielleicht von ihren Kindern oder Enkeln zu besuchen. Gestern waren noch die Menschen im Zentrum aus gewesen. Von jeder Ecke kamen Gespräche über das neuartige Coronavirus aus den Mündern der Menschen zu hören.

Auch Prominente hat das Coronavirus getroffen. Fußballspieler, zum Beispiel oder bekannte Politiker verschiedener Länder sind betroffen. Schön ist das nicht, denn die Zahl der Infizierten mit dem Coronavirus steigt hier im Lande und in der ganzen Welt von Tag zu Tag rasant an. Es ist für Menschen ab 60 mit Vorerkrankungen gefährlich, besonders bei Vorerkrankungen wie Krebs oder Herzkrankheiten oder Lungenkrankheit.

Bei Vorerkrankungen ist es auch für jüngere Menschen gefährlich mit dem Coronavirus infiziert zu werden. Jedoch kann es auch für jüngere gefährlich werden, wenn sie keine Vorerkrankungen haben.

Auch ein jüngerer Mensch kann ernste Symptome entwickeln. Außerdem kann ein Mensch die Krankheit Coronavirus unbewusst in sich tragen und somit ältere geschwächte Menschen anstecken.

Viele Menschen, darunter auch Prominente haben sich dafür entschieden, zu Hause zu bleiben, so auch ich. Nur für das Nötigste, wie Einkäufe oder Besorgungen möchten die Menschen rausgehen. Trotzdem haben die Läden große Schlangen an der Kasse, denn

Hamsterkäufe machen die Regale leer und die Waren rar.

Ob Hamsterkäufe tatsächlich Schuld sind oder ob jetzt einfach nicht mehr geschafft wird, aufzufüllen, da Mitarbeiter ausfallen, ist noch ungewiss. Meiner Meinung nach wird das Thema Marketingmanagement in den Zeiten der Coronavirus Krise eine untergeordnete Rolle spielen.

Im Marketingmanagement werben Firmen und Produkte um die Gunst der Käufer durch Werbung und Kommunikationsmaßnahmen in den Medien.

Nun aber, die Medien drehen sich jetzt alle ums Coronavirus. Es gibt noch genug Werbung in den Medien für Produkte oder Dienstleistungen. Unser Reisebüro hat jetzt geschlossen und so werden auch einige andere Firmen schließen. Reisen ist jetzt in unserem Lande gar nicht möglich, oder nur im Einzelfall wenn überhaupt. Unser Land sowie unsere Nachbarländer sind von Grenzschließungen betroffen.

Jedoch greift dieses mit dem Marketing, zum Beispiel für Luxusuhren im Internet nicht für die jetzige Situation durch. Denn jetzt fehlt es am Nötigsten in den Supermärkten und Drogerien. Wer will da schon Luxusuhren?

Da kann es sein, dass es vielleicht etwas weniger von diesem Marketing, besonders für den Luxussektor so eine Rolle spielen wird.

Besonders das Marketingmanagement und Werbung für Nahrung und Hygieneartikel wird sich meiner Meinung nach etwas rückläufig entwickeln. Das bei nicht aufgefüllten, manchmal leeren Regalen in Supermärkten und Drogerien. Es bleibt zu beobachten, wie es in dieser Situation weitergeht. Sogar in Amerika sind die Regale in den Supermärkten leer, auch dort fehlt es am Nötigsten wie zum Beispiel an Toilettenpapier.

In den neuesten Entwicklungen des Coronavirus steigt die Zahl der Infizierten hier im Lande rasant an. Die Todesfälle sind bei den älteren Menschen höher.

Ihr Immunsystem kann das Virus wegen des höheren Alters nicht mehr so stark abwehren. Sicherlich liegt es auch daran, dass Menschen im höheren Alter zum Beispiel ab 60 Jahren an einer oder mehreren Vorerkrankungen leiden.

Es wurde auch schon berichtet, dass eine 20 Jährige auf die Intensivstation musste. Wie traurig, diese ganze Entwicklung. In den USA steigen die Fälle rasant an, sodass Kalifornien Ausgangssperren verhängt hat. In New York ist ein rapider Anstieg der Infizierten seit ein paar Tagen festgestellt worden. In New York sind Not Lazarette eingerichtet worden. In Italien sind an einem Tag ca. 700 Menschen an dem Virus gestorben. Viele trauern in Italien um Familienangehörige und Freunde.

Weltweit handelt es sich um eine sogenannte Pandemie. Ich beobachte Menschen mit Mundschutzmasken draußen. Manche tragen sogar Schutzhandschuhe, einige zusätzlich zu den Schutzmasken. Ich habe mir mehrere Masken besorgt, und trage oft wenn ich rausgehe eine Mundschutzmaske, um mich vor einer Ansteckung zu schützen.

Es ist wichtig, wie in den Medien berichtet wurde, Abstand von 1,5 bis 2 Meter von den Menschen zu halten. Dies ist im Alltag wenn man dann mal rausgeht, um im Supermarkt etwas einzukaufen sehr schwierig.

An den Kassen ist es zwar vorgegeben, wie man den Abstand halten soll, jedoch wenn mal jemand vorbei will oder jemand drängelt, ist es schwierig. Ich finde das mit dem Abstand halten draußen sehr schwierig in Realität umzusetzen, auch wenn es an den Kassen markiert ist.

In Deutschland hat unsere Bundeskanzlerin Angela Merkel sich dazu entschieden bis dahin keine Ausgangssperren durchzusetzen.

Die Menschen dürfen sich im geschlossenen Raum nur zu zweit versammeln und nach draußen dürfen die Menschen nur alleine oder zu zweit beziehungsweise in Familien. Das ist der Fall, wenn Mutter, Vater und mehrere Kinder sich draußen zum Spazieren gehen aufhalten wollen.

Allgemein wird im Internet und in Angela Merkels Ansprache im Fernsehen empfohlen zu Hause zu bleiben wenn es nur geht. In den Social Media wird von Freunden vermehrt darauf hingewiesen, zu Hause zu bleiben. Auch ich bleibe fast immer zu Hause und finde zu Hause Beschäftigung.

Bei der Startseite von Google sind für jeden Bürger Informationen zum Coronavirus aufgeführt.

Das Robert Koch Institut spricht von vielen Tausend Infizierten. Leider mit immer steigenden Infektionsraten des Coronavirus von Tag zu Tag. Leider sind darunter auch Tote.

Heute beim Einkaufen waren die Regale schon etwas mehr aufgefüllt. An Früchten und Gemüse mangelte es nicht. Das Milchregal war zum Glück auch gut aufgefüllt. Leider waren komplett leere Regale bei den Nudeln und den Saucen für Nudeln zu beobachten.

Beutelreis war leider komplett ausverkauft. Es gab nur den nach verschiedenen Arten vorgekochten Reis für die Mikrowelle, den man auch kurz im Topf erhitzen kann.

Die Gastronomie musste in unserem Lande komplett zumachen. Sie darf aber vereinzelnd noch Getränke wie Kaffee oder Essen zum Mitnehmen anbieten. Gäste darf die Gastronomie nicht mehr empfangen.

Dass die Gastronomie keine Gäste mehr in Räumen und draußen empfangen kann, außer den Gästen was zu Trinken oder Speisen zum Mitnehmen zu überreichen, hat sich stark auf unsere Fußgängerzone ausgewirkt.

Eine Bäckereifiliale hat schon komplett zugemacht. Draußen saßen immer im Frühling um diese Jahreszeit viele Menschen fröhlich beieinander an Tischen und Stühlen und genossen die Sonne. Jetzt ist es Ende März 2020.

Heute war es etwas leerer auf unserer Fußgängerzone. Keine Bedienung auf der Terrasse, keine Tische und Stühle mit Menschen. Ein einziges Café bot einzelnen Menschen, die interessiert waren mit großem Abstand vereinzelt einzutreten an, um Kaffee zu holen. Keine angenehme Lage. Es ist aber besser so, um sich nicht anzustecken. Ich halte mich von Cafés jetzt fern und bleibe zu Hause.

Wenn ich überhaupt rausgehe, dann nur kurz an die frische Luft spazieren oder um wichtige Besorgungen zu machen.

Zu Hause mache ich die übliche Hausarbeit, beschäftige mich am PC und lese. Ich mache Beautypflege um mir in dieser anstrengenden Zeit etwas Gutes zu tun.

Außerdem mache ich sportliche Übungen wie Yoga, Pilates und Gymnastik. Diese Übungen geben mir

Abwechslung im Alltag während der Corona Krise hier in Deutschland in einer größeren Stadt in meiner Wohnung auch wenn ich fast gar nicht rausgehe. Sportstätten haben im Moment zugemacht. Dies gilt sogar bis auf Weiteres, sodass keiner weiß, wann wieder normaler Sportbetrieb anfängt.

Die Menschen gehen etwas raus, Autos fahren nun vermehrt; die Straße ist wieder sehr befahren. Ich frage mich, wohin sie alle so viel unbedingt fahren müssen. Obwohl ich ein Stadtmensch bin, träume ich manchmal von dem Landleben. Etwas weniger von den lauten und stark befahrenen Straßen mit Abgasen.

Ich höre diese Autos hier aus meiner Stadtwohnung. Besonders wenn die Fenster offen sind. So ist das Stadtleben. Viele Menschen leben in einer Stadt zentriert an einem Ort, vieles ist in Bewegung, daher die vielen Autos. Sogar während der Corona Krise lassen es sich die Menschen nicht nehmen, mit ihrem Auto rumzufahren und unterwegs zu sein. Ich frage mich, warum eigentlich. Jetzt fahren so viele herum, wohin fahren sie und wozu überhaupt?

Jetzt ist doch Besuchersperre, es wurde angeordnet im Homeoffice zu arbeiten, es dürfen sich jetzt laut unserer Bundeskanzlerin Angela Merkel nur zwei Personen im Raum aufhalten, außer sie gehören einer Familie an. Auch draußen kann man nur zu zweit oder als Familie spazieren gehen. Wir haben jedoch keine richtige Ausgangssperre.

Ich weiß um die Berufe, in denen Homeoffice nicht möglich ist. Anscheinend sind es viele Berufe, mehr als man dachte. Denn sonst wären nicht so viele Autos unterwegs.

Restaurants und Gaststätten haben fast alle zu gemacht hier in meiner Gegend in dieser Stadt. Für eine größere Stadt in Deutschland ist es eine ungewohnte Situation und auch für viele Menschen. In den Lebensmittelgeschäften ist vieles zum Glück wieder da. Das freut mich sehr. Ich gehe ja doch wieder gerne einkaufen und Lebensmittel besorgen.

Geschäfte für Allerlei und Modegeschäfte haben auch zugemacht. Auch Schuhläden. Friseure, Nagelstudios auch. Auch wenn die Situation vor einigen Wochen eskaliert ist, was Lebensmittel und leere Regale anging, so ist diese schlimmste Krise jetzt überwunden.

Was jedoch nicht überwunden ist, ist die hohe Zahl der Ansteckungen hier in Deutschland. Besonders auch in den USA. Auch in den anderen Ländern dieser Welt. Todesfälle steigen auch an. Es scheint noch nicht in Aussicht, die kritische Situation für die Menschen hier in Deutschland zu lockern oder gegebenenfalls zu beenden. Einige Länder haben da ihre Regeln,

aber hier in Deutschland verharrt in der ersten April-
woche 2020 noch alles in der Corona Notsituation.

Ich fühle mich nicht schlecht. Nur bin ich auch etwas in Sorge, denn das Coronavirus hat schon viele
Menschen getroffen und kann jeden treffen. Es sucht
es sich ja nicht aus, wen es trifft.

Die Ansteckung wird per Tröpfcheninfektion übertragen, sie wird per Husten, Niesen oder Sprechen von
der kranken Person übertragen, kann also in der Luft
sein, ohne dass es jemand wahrnimmt.

Weniger rausgehen hat unsere deutsche Regierung
gesagt, nur für das Nötigste und Erledigungen wie
Einkaufen. Das könnte die Infektion des Coronavirus
eindämmen, hoffen Virologen, Ärzte, Politiker und
alle Menschen überhaupt.

Schon sind erste Gespräche und Überlegungen im
Gange die ersten Maßnahmen zur Eindämmung der
Krise zu öffnen und zu lockern sowie wieder Schulen
zu öffnen. Heute ist der 10. April 2020. Trotzdem ist
noch nicht Entwarnung. Dies bereitet allen Menschen
Sorge und lässt die Bevölkerung noch nicht aufatmen.

In einem Mehrfamilienhaus habe ich eine nicht be-
sonders große jedoch sehr gemütliche Wohnung als
Ort des Rückzugs und der Ruhe von dem hektischen
Stadtleben.

Hier haben die Bewohner hinten einen Ort nur für
sich an der frischen Luft, eine Wiese mit vielen Bäu-

men, einem kleinen Spielplatz wie eine Art Garten. Um hierher reinzukommen, braucht es einen Extraschlüssel, den nur die Bewohner dieses Hauses haben.

Daher ist man hier ungestört. Manchmal spielen Kinder auf dem kleinen Spielplatz. Meistens ist diese Wiese jedoch unbenutzt. Da dachte ich mir heute, ich setze mich doch auf eine der Bänke dieser Wiese und genieße das warme Frühlingswetter und die Sonne.

Ich nehme diesen Ort so wahr, dass er nur für die Bewohner dieses Mehrfamilienhauses ist, und trotzdem waren dort nur zwei Menschen sehr weit weg, die Picknick machten und strickten. Diese zwei Frauen waren Bewohner. Ich entschloss mich für diesen Ort, um mich nicht mit dem Coronavirus anzustecken und Menschenansammlungen zu meiden.

Hier war ich alsbald ganz alleine, denn die beiden Frauen gingen weg. Ich hörte kleinere Waldvögel laut zwitschern und beobachtete sie. Auf der Wiese wuchsen mehrere Gänseblümchen.

Die kleinen Waldvögel zwitscherten und Bienen flogen herum ohne auf mich zuzufliegen. Sie flogen nur langsam herum und störten mich weiter nicht.

Leichter Wind wehte und das Aprilwetter war sonnig angenehm. Ich sonnte mich und beobachtete, wie die Sonne durch den Baum mit seinen ersten grünen Blättern hindurch schien und glitzerte. Die Luft war frischer, als an den befahrenen Straßen, denn Autos waren hier nicht. Ich wäre jetzt gerne in einem einsamen Wald, dachte ich. Hier konnte ich lange verweilen.

Nach einer Weile ging ich einen kurzen Weg nach Hause, denn die Wiese ist vor meiner Wohnung auf der anderen Seite direkt zu sehen.

Ich überlege mir, hier öfters Zeit zu verbringen, denn es ist wirklich ein sehr angenehmer Ort so ganz für sich. Hier bemerkt man weniger die Hektik der Großstadt.

Nun bin ich zu Hause. Aus meinem gekippten Fenster im Wohnzimmer höre ich Musik von Autos und Autogeräusche, sowie das Brummen von Motorrädern. Es ist ein angenehm warmer Tag für diese Jahreszeit. Im Wohnzimmer ist es auch warm.

Ich denke nach.

Auf der Fußgängerzone sieht es wegen der aktuellen Situation anders aus. Es sind viel zu große Schlangen, vor fast allem, was da überhaupt auf hat, und das was auf hat sind Supermärkte, Drogerien und nur ein Café, in das man nur einzeln eintreten darf. Da sammelt sich eine besonders große Schlange an, denn es ist das einzige Café und bietet nur zum Mitnehmen Getränke an.

Momentan meide ich es. Es ist mir unangenehm, da anzustehen nur um ein Getränk zu bestellen. Ich kann auch zu Hause einen Tee oder einen Kaffee trinken, trotz dessen, dass ich keine Kaffeemaschine habe. Ich habe löslichen Bohnenkaffee.

Es sieht auch so aus, als ob die Menschen nicht so gerne derart lange anstehen, und dass sie das Getränk nicht sonderlich genießen, denn es gibt ja keinen Platz um sich hinzusetzen, keine Tische und Stühle.

Sie haben keine richtige Freude. Auch ich bin ernst. Sie achten auch dort sehr genau auf den Sicherheitsabstand, was zusätzlichen Stress bedeutet. Ich habe sogar gelesen, dass es in unserer Stadt in einem anderen Stadtteil zum Streit um den Sicherheitsabstand gekommen ist mit einer Schlägerei. Ein Mann wurde dabei verletzt. Die Menschen sind angespannt.

In den Medien machen sich die Verantwortlichen Gedanken, wie die Maßnahmen wieder langsam geöffnet werden können. Außerdem wird diskutiert, wie es mit den Schulen weitergeht, wann und mit welchen einzelnen Fächern hier begonnen werden kann. Es geht in den Medien auch um die langsame schrittweise Wiedereröffnung von Berufsschulen und Universitäten. Bei den Berufsschulen wurde besprochen, mit welchen Fächern begonnen werden sollte, ähnlich wie bei den Schulen. Als es über die Universitäten die

Rede war, wurde überlegt, das Sommersemester als Onlinesemester weiterzuführen.

Friseure, Nagelstudios und Modegeschäfte, sowie Schuhgeschäfte haben schon seit mehreren Wochen geschlossen. Nur das Nötigste hat auf. Zu Hause kann nicht so frische Luft reinkommen, daher empfehle ich etwas an die frische Luft zu gehen, wer symptomfrei ist.

Es heißt die Grundrechte der Menschen sind jetzt eingeschränkt. Die Regierung möchte diese Situation nicht allzu lange so belassen. Nur so lange wie nötig, nicht länger. Daher wird diskutiert. Auch die Bevölkerung diskutiert fragend und weiß noch nicht wie es weitergeht. Die Menschen möchten sich treffen, es geht im Moment aber nur mit einem Sicherheitsabstand. Die Situation isoliert die Menschen. Zuerst tut eine gewisse Isolation gut: zu sich kommen, sich auf die eigene Person konzentrieren, mehr für sich tun, bewusster zu leben. Natürlich auch zur Ruhe zu kommen. Doch in einer großen Stadt ist das schwieriger als auf dem Land oder im Dorf, in dem die Menschen Isolation eher gewohnt sind.

Hier ist eben alles zentral. Ruhe, Langsamkeit und Distanzierung ist der Großstadtbewohner etwas weniger gewohnt. Es fehlt der Kontakt zwischen der älteren gefährdeten Generation und der jüngeren Generation durch die Kontaktsperre. Verschiedene Familien-generationen, jüngere und ältere können sich nicht mehr sehen. Sie alle hoffen, sich bald wieder treffen zu können und nutzen das Telefon und Kurznachrichten am Handy, sowie schicken sich Fotos. Sicherlich nutzen sie auch Videoanrufe.

Ich beobachte.

*

Aus dem kleinen Rohr am Ziegeldach des Hauses gegenüber, welches ich aus dem Fenster sehe, steigt ein wenig Rauch auf. Gerade heute habe ich die Heizung etwas raufgedreht, da es heute morgens kühler war. Die Heizung wird hier zentral geregelt und sie war aus für diese Jahreszeit. Wir haben Mitte April 2020. Üblicherweise wird die Heizung Mitte April zentral ausgemacht, da es von den Vermietern angenommen wird, dass es warm genug ist. Woher der Rauch aus dem kleineren Rohr kam, weiß ich nicht.

Auch ein Auto macht gerade Laute, als ob da aus seinem Rohr viel Rauch beziehungsweise Abgase rauskämen. Es steigt von jedem Auto hoch in die Wohnung bei offenem Fenster, vor allem, wenn man bedenkt, dass sehr viele Autos tagtäglich vorbeifahren.

Des Weiteren habe ich schon mehrmals beobachtet, dass wenn ich in einer ruhigeren Naturlandschaft wie unseren Park spazieren war und ich anschließend an der stark befahrenen Straße nach Hause entlang laufe, der Rauch in meine Lunge steigt, sich heiß und schwer anfühlt und in der Nase und Lunge schwer zu ertragen ist. Diese schwere Luft ist nicht nur von den Autos zu beobachten, sondern auch bei drückender Hitze. An trockenen Tagen einer Hitzewelle wie es in den vergangenen Sommern besonders im Juli und August der Fall war. Im jetzigen April ist die Sonne noch angenehm.

Wenn sich hitzige Dürre mit glühender Sonne und starken lauten direkt in die Nase und Lunge steigenden Autoabgasen vermischen, ist das Atmen in einer Großstadt gar nicht so angenehm und leicht. Ich hoffe, dass es diesen Sommer besser wird, denn sonst ist es nicht so angenehm für die Bewohner dieser Stadt, die da etwas empfindlicher sind.

Als ich heute kurz draußen war, bekam ich eine interessante Unterhaltung von Menschen mit, die sich kulturpolitisch interessieren. Ein Mann unterhielt sich mit seinem Gegenüber über das Politische. Er erwähnte, dass Trump wohl jetzt vielleicht wiedergewählt werden könnte. In den USA, so meinte dieser Mann, könnten die Menschen bei den nächsten Präsidentschaftswahlen Trump wieder wählen. Dieser Mann wusste es aber nicht so genau, er nahm es nur an. Zwar mochte er Trump nicht sonderlich, jedoch sah er einige Vorteile, die dieser Präsident mit sich brachte. Er sagte nicht, welche. Vielleicht die wirtschaftlichen.

Interessant, dass neben dem Coronavirus noch andere Themen im Gespräch der Leute zu hören sind. Auch andere Themen sind von Bedeutung. Der Mann erwähnte, dass der Brexit dieses Jahr auch von Bedeutung sei. Die Wirtschaft, ob das mit Trump zusammenhänge nahm er an, würde mit den USA und Europa eine Wirtschaftskraft zu China werden wollen. Ich weiß, dass das schon seit langem so von den Politikern gewollt wird.

Politiker tun ihr bestes, da wird für diese Zeit das Internationale verschoben, wenn die Länder dieser Welt mit der Corona Krise zu tun haben. Wir müssen zusammenhalten, als ein Team. An dieser Stelle möchte ich den Menschen danken, die dieses Leben am Laufenden halten, den Ärzten, Pflegepersonal, Feuerwehrleuten, Bäckern, Kassierern im Supermarkt, Menschen, die in diesen schwierigen Zeiten die Regale in Geschäften auffüllen, Menschen, die in den wenigen offenen Gastronomiebetrieben uns mit Speisen und Getränken zum Mitnehmen versorgen, den Fahrern der Busse und Bahnen, den Taxifahrern.

Den Menschen, die im Amt der fragenden Bevölkerung behilflich sind. Natürlich auch den Journalisten und Medieninformatikern, die uns mit den neuesten Nachrichten versorgen, wie es denn nun weitergeht.

Den Bürgermeister und Oberbürgermeister der Stadt ein großes Danke für das Videomaterial und ähnlichem für das laufende Aktualisieren der Internetpräsens mit Videos und wichtigen Informationen über die Stadt. Für das Treffen wichtiger Entscheidungen in einer schweren Zeit. Allgemein finde ich die Internetpräsenz unserer Stadt sehr gut. Sie ist dazu da, den Bürgerinnen und Bürgern über die Möglichkeiten und Einrichtungen in unserer Stadt zu informieren, uns auch mal auf Social Media Bilder vom Frühling und der schönen Stadt zu zeigen. Von Orten meiner Stadt, die ich weniger besuche.

Auch wenn ich mich noch vor einiger Zeit über die Schlange an dem einzigen geöffneten Café beschwert habe. Und das Ungemütliche hervorhob. So habe ich mich trotzdem dazu entschlossen, mal das so auszuprobieren. Die Schlange, in der ich anstand, sah länger aus wegen dem Sicherheitsabstand, den jeder Mensch dort einhalten musste.

Jeder durfte nur einzeln eintreten wegen der Gefahr der Ansteckung von einander mit dem Coronavirus. Der Mann, der bediente fragte freundlich, was ich haben möchte und ich bestellte einen Cappuccino zum

Mitnehmen. Ich zahlte einem anderen Mann, der den Cappuccino zubereitete. Alles hygienisch, alles sauber, keine Bedenken. An diesem Tag war Ostermontag 2020 in Deutschland. Wenige Menschen waren draußen an diesen heiligen Feiertagen. Aber einige suchten in der Stadt nach Geselligkeit und freuten sich an den Mitmenschen. Einige waren alleine, einige waren als Pärchen unterwegs. Es waren auch einige befreundete Menschen draußen. Mit dem Sicherheitsabstand gelang es den Menschen Geselligkeit zu fühlen. Es waren viel weniger Menschen als sonst an diesem freundlichen Ort meiner Stadt.

Ich trank mein Getränk und kam keinem Menschen besonders nahe. Sie standen einfach so rum, tranken ein Getränk. Sie unterhielten sich. Es gab ja keine Tische und Stühle zum Hinsetzen.

Es machte trotz der angespannten Situation einen freundlichen Eindruck auf mich. Die Menschen sahen diesmal nicht so angespannt aus, wie beim letzten Mal, als ich darüber berichtet habe. Jetzt sahen sie entspannter aus, was sicherlich mit Ostern zusammenhing. Nach Ostern werden sicherlich bei gutem Wetter mehr Menschen diesen Ort nutzen und sich etwas versammeln. Dann werde ich diese Option wegen der Ansteckungsgefahr mit dem Coronavirus wieder eher weniger nutzen.

Beim Einkaufen am Dienstag nach Ostern 2020 im Supermarkt waren die Regale wieder gut aufgefüllt. Es fehlte fast an nichts außer an einzelnen Hygieneartikeln. So bereitete das Einkaufen nach der paar Wochen andauernden Versorgungsknappheit in den deutschen Supermärkten wieder Freude. Die Drogerien sind noch nicht so weit und brauchen etwas Zeit. Sie haben noch etwas einzelne Probleme mit der Versorgung.

Die Luft ist heute frischer als sonst, es ist etwas kühler draußen. Nicht zu kalt, aber nicht mehr so warm wie es war. Ich freue mich Gedanken in Worte zu fassen und mich kreativ mit Worten auszudrücken. Ich möchte mich gerne als Autorin meiner Arbeit widmen, da ich darin eine Möglichkeit sehe, mich mit meiner Fantasie und Kreativität zu entfalten. Wenn ich das nicht könnte, wäre ich unglücklich. Mir würde etwas fehlen.

Ich finde, die Arbeit als Autorin ist für mich eine Arbeit, die mühelos und kreativ ist, mehr zum Beispiel, als andere Berufe, die ich ausgeübt habe in meinem Leben. Daher ist es mein Wunsch, mich diesem Beruf etwas intensiver zu widmen, mit Freude und ohne Leistungsdruck.

Ich habe den Vorteil über eine angenehme Arbeitsatmosphäre, einen ruhigen Platz zum Nachdenken und Kreativsein. Einen Arbeitsplatz, der gleichzeitig ein

Platz für Ordnung und Behaglichkeit ist. Mich stört nichts an diesem Ort, wenn ich kreativ sein möchte.

Er ist der beste Platz für mich, wenn ich schreibe. Auch zum Nachdenken. Das Licht ist angenehm, so wie die Ergonomie. Ich weiß dankbar um dieses Privileg, daher möchte ich es so gerne unbedingt nutzen. Sonst wäre ich traurig, die kreative Phase nicht genutzt zu haben.

Gerade ist wenig Fluglärm. Ich bin sonst mehr Fluglärm gewohnt. Unser großer bekannter Flughafen hat mehrere Ausrichtungen der Fluglinien, in die er den Flugverkehr betreibt. Heute nicht in die Richtung meiner Wohngegend. Ich genieße die Ruhe. Manchmal ist viel Fluglärm, den ich ertragen muss. Ich habe mich daran gewöhnt. Heute fast gar nicht, es ist wie eine Symphonie der Stille und Ruhe, wenn es keinen Fluglärm gibt. Mein bevorzugter Arbeitsplatz befindet sich hinten, da wo die Wiese mit den Bäumen aus dem Fenster zu sehen ist. Das Wohnzimmer befindet sich hingegen da, wo die Autos fahren.

Für einen Stadtmenschen wie mir ist es gut mal von Fluglärm und Autolärm abzuschalten. Das macht meinen Arbeitsplatz noch angenehmer.

Die Umweltpolitik ist auch ein zentraler Punkt unseres Oberbürgermeisters. Er setzt sich für die Reduzierung von Fluglärm ein. Autos kann er nicht reduzieren, das liegt bei einer Großstadt nicht in seiner

Macht. Manchmal ist der Fluglärm auch stärker, auch manchmal spät abends.

Ich schätze meine Wohnung in dieser Stadt als einen Ort des Rückzugs. Hier fühle ich manchmal eine Stille und Ruhe, was mir sehr guttut. Manchmal ist es sogar ruhiger, als ich es gewohnt bin. Das ist so, wenn mal weniger Autos als sonst vorbeifahren, kein Fluglärm vorhanden ist, und eine absolute Stille von allen Nachbarn rüberkommt.

Dann kommt auch mal wieder ein Flugzeug und macht etwas Fluglärm, es durchbricht die vollkommene Ruhe. Aber nur kurz. Dann ist wieder Stille.

Ich fühle mich ausgeschlafen auch wenn ich früh aufstehe. Ausgeschlafen zu sein egal, um welche Uhrzeit ich aufstehe tut gut. Gerne stehe ich morgens mit dem Sonnenaufgang auf, daher im Frühling und Sommer früher.

Oftmals gelingt es mir, mit einer fröhlichen Laune zu frühstücken, da hege ich eine ganz persönliche Frühstückszeremonie als erste Zeremonie des Tages. Das Frühstück ist ausgiebiger für mich zu gestalten. Nur dann habe ich einen angenehmen Start in den Tag. Daher bin ich gerne länger beim Frühstück. Ich sitze ausgiebig in der Küche, beobachte, überlege, mache mir Gedanken über den Tag.

Gerne warte ich noch länger, trinke noch eine Tasse Tee oder Kaffee. Am liebsten trinke ich grünen oder schwarzen Tee oder Kaffee. Den Kaffee mit oder ohne Milch, den Tee mit etwas Honig.

So stimme ich mich auf den Tag ein.

Ins Badezimmer für die Schönheitspflege und Hygiene.
Es wird schnell hell morgens. Wann es hell geworden ist weiß ich nicht. Ich meine den Sonnenaufgang. Im Winter ist es oftmals noch dunkel beim Aufstehen. Der Sonnenaufgang ist sehr unterschiedlich nach der Jahreszeit.

Es ist warm. Ich versuche angenehme Gefühle von Wärme und Ruhe morgens zu empfinden. Gut ist es gleich nach dem Aufstehen zu lüften und das in den verschiedenen Zimmern der Wohnung. So kommt gleich morgens frische Luft rein. Dann höre ich Bauarbeiten. Blauer Himmel, Wolken, manchmal bewölkt, etwas neblig.

Im Frühjahr wird es heller. Im Winter ist es düster und dunkler, etwas bedrückend. Im Frühjahr kommt die freundlichere Laune der Natur und des Menschen. Es wird sonnig, warm. Mensch und Wetter sind abhängig voneinander. Menschen, Wetter und Umwelt auch. Es ist gut, wenn der Mensch und unser Planet im Einklang sind. Ich will morgens im Einklang mit der Erde sein. Mit der Natur und der Umgebung, in der ich mich befinde.

Der Mensch macht vieles, um der Natur zu schaden. Er holzt Bäume und ganze Wälder ab, betreibt Atomenergie, verursacht einen hohen CO_2 Ausstoß durch Abgase und Flugzeuge, durch Chemie und Fabriken. Unserer Erde und unserem Klima missfällt das. Tierarten sterben aus, Korallen und seltene Fischarten sterben aus. Die Gletscher schmelzen. Der Mensch kann nicht immer mit der Natur im Einklang sein.

Besonders da er das moderne Großstadtleben erfunden hat mit seinem Bevölkerungswachstum. Wenn viele Menschen zentriert an einem Ort sind, verursachen sie automatisch Lärm, der Menschen und Tieren, sowie Vögeln schadet. Wir verursachen schlechte Luft und Luftverschmutzung durch unsere Lebensweise und mit dem, was wir zum modernen Leben brauchen. Wir brauchen ja die modernen Fortbewegungsmittel wie U Bahnen, Busse, Züge und Autos, sogar die Flugzeuge und Hubschrauber. Da ist es selbstverständlich, dass sich einige Tierarten durch das Beben, die lauten Geräusche und Luftverschmutzungen mit seinen strengen Gerüchen bedroht fühlen und aussterben.

Wir brauchen auch die Atomenergie und die Chemiefabriken, die durch große und dicke Rohre saure

Luft in die Atmosphäre ausstoßen, sowie durch chemischen Schmutz unsere Meere und Seen verunreinigen.

Wenn der Mensch das so macht, dann passieren solche Situationen, dass Viren entstehen, die für uns schädlich sind. Die Umwelt produziert auch für uns unangenehme Situationen, die für unser Leben bedrohlich sein können. Es ist dann das Zusammenspiel zwischen Umwelt und Mensch als Einheit, das da ins Wackeln geraten ist. Wir müssen uns schützen und dem entgegenwirken. Wir müssen verstehen, dass es uns belastet so wie die Situation jetzt ist, dass diese Welt ins Wackeln geraten ist so wie wir sie leiten.

Am 14.04.2020 sind in Deutschland 125.098 Infizierte von dem Coronavirus. 68.100 Personen sind bereits genesen. Die Todesfälle sind 2.969 Personen. Die Fallzahlen sind in den letzten Tagen etwas niedriger. In Spanien sind es 160.000 Erkrankte und 17.000 Todesfälle. In Italien sind 170.000 Erkrankte und 19.000 Todesfälle an Corona.

Weltweit sind es zwei Millionen Fälle von Erkrankten an dem Coronavirus. Das gab Prof. Dr. Lothar H. Wieler von Robert Koch Institut an. Stand 14.04.2020.

Die Betroffenen sind im Durchschnitt 49 Jahre alt. Drei Viertel klagen über Husten, Fieber, Schnupfen,

Geschmacksverlust und Geruchsverlust. Die Todesprozentrate ist bei 2,4 %. Diese steigt an.

Besonders wegen den Ausbrüchen in Altersheimen und Pflegeheimen bei den älteren Menschen ist mit weiteren Todesfällen zu rechnen, meint Prof. Dr. Lothar H. Wieler vom Robert Koch Institut. Das Robert Koch Institut erhält Informationen, Meldezahlen, aus welchen Mathematiker Modellierungen erstellen. Sie können Einschätzungen machen. Die Zahl Testergebnisse wird gemeldet. Es besteht Meldepflicht der positiven Testergebnisse. Jedoch ist es schwieriger, die negativen Datenquellen zu bekommen, da es keine Meldepflicht gibt.

Mathematiker versuchen über die Daten Einschätzungen und Empfehlungen für die Zukunft zu geben.

In der Stadt Jena ist Maskenpflicht im Büro als Gegenstrategie gegen das Virus verordnet worden. Es wurde von einem Messegelände berichtet, das in ein Krankenhaus umgebaut wurde. Nichtsdestotrotz gibt es laut den politischen Sprechern eine gute Versorgung mit Krankenhäusern in Deutschland.

Der deutsche Politiker Spahn möchte eine Kontrolle über die Ausbreitung des Virus. Ein anderer Politiker, Armin Laschet betont, dass er keine Alleingänge der einzelnen Bundesländer möchte. Er möchte vielmehr eine Einigung in den Ländern. In Nordrhein Westfalen geht es in den Gesprächen schon nach dem 20.04.2020 um eine schrittweise Öffnung der Schulen.

In Österreich gibt es bereits erste Lockerungen. Kleinere Modegeschäfte können schon öffnen. Es dürfen nur gesunde Kunden rein ohne die typischen Corona Symptome. Sie müssen einen Mundschutz tragen und einen Mindestabstand einhalten. Die Lockerungen haben leicht stattgefunden, da sich in Österreich weniger Menschen infiziert haben. Baumärkte und Gartenmärkte haben dort wieder geöffnet. Große Geschäfte werden später öffnen.

In der Türkei hat die Erdogan Partei für politisch Verfolgte, die aufgrund von Meinung gegen die Partei im Gefängnis sind keine Straferleichterung wegen Corona erlaubt. Einigen anderen Menschen in der Türkei, die Gefängnisstrafen absitzen, wird ein Teil der Gefängnisstrafen in Hausarrest umgewandelt. In der Türkei meldet die Regierung Ankara einen Anstieg der Infizierten.

Geringverdiener wie Altenpflegehelfer oder Kraftfahrer werden es besonders wegen der Corona Zeit schwer im Rentenalter haben. Die deutschen Politiker sind für die Einführung der Grundrente für Geringverdiener. Sie diskutieren. 1,4 Millionen kostet diese Rente und das Problem ist, dass weniger Geld wegen Corona dafür zur Verfügung steht. Zum 01.01.2021 soll das eingeführt werden und es bestehen Zweifel um den schnellen Zeitplan.

Die Fluggesellschaft Condor hat Finanzprobleme wegen der Auswirkung der Corona Krise. Sie möchte Staatshilfe, einen Staatskredit von 200 Million Euro. Darüber wird diskutiert, natürlich auch, wie sie den Kredit zurückzahlen können.

Was noch in dieser Zeit aktuell ist, sind Waldbrände rund im Tschernobyl in der Ukraine in einer Entfernung von 1,5 km an die Atomruine. Der ukrainische Präsident traf den Katastrophenschutz. Hubschrauber und Löschflugzeuge sind unterwegs. In Kiew haben die Menschen Angst wegen der Radioaktivität von dem Reaktor, der 1986 einen schlimmen Atomaren Unfall hatte. Sie haben Angst vor Strahlung.

5. STADTLEBEN, EINE ANDE-RE SICHTWEISE DES CORONAVIRUS UND DER VERKEHRSFLUSS

Hier im Lande streiten gerade die Ministerpräsidenten. In Österreich sind die Menschen schon einen Schritt weiter zurück zur Normalität. Im Geschäft, das erstmals wieder auf hat, ist viel Ware zurückgeblieben. Auf 20 qm Verkaufsfläche darf nur ein Kunde reinkommen. Sebastian Kurz, österreichischer Bundeskanzler, besteht auf eine Mundschutzpflicht in Bussen und Bahnen.

Der Tagesumsatz beim ersten Tag der Eröffnung lag bei dem befragten Unternehmen bei einem drittel. Dies ist weit entfernt von dem normalen Alltag.

Die Kurve der Infizierten steigt in Deutschland nicht mehr so stark an. Wir sind auf gutem Weg.

In der Grundschule gibt es Notbetreuung. Es gibt Probleme bei dem Unterricht zu Hause. Den Familien fehlen die Medien, sie haben gar keinen Internetanschluss oder keinen WLAN. Sie haben vielleicht nur ein Handy. Diskussionen die sechs bis zehn Jährigen als erste in den Schultag zu schicken sind vorhanden, jedoch mit Skepsis. Die Kinder verstehen nicht, was Corona ist. Es ist für ihr Alter noch zu früh, solche

Zusammenhänge zwischen Gefahr und Spaß am Schulalltag zu begreifen, sodass sie nicht genau wissen, wie sie sich verhalten sollen.

Lehrer und Angehörige zählen zur Risikogruppe. Eine Lehrerin, die interviewt wurde erzählte, dass ihr Mann einen Infarkt hatte und Risikopatient ist. Sie hat Angst vor Ansteckung.

Herr Markus Söder, Ministerpräsident von Bayern erwähnt die Leopoldina Forschungsstelle. An ihr ist das Problem, dass weniger Virologen dort arbeiten. Er meint, wir sollten nicht zu ungeduldig sein. Es könne Erleichterungen geben, aber es sei eine Illusion, dass alles so wie früher sein wird, da es keinen Impfstoff gibt. Er plädiert für längere Zurückhaltung. Ein gemeinsamer Fahrplan zur Normalität ist das Ziel mit der Kanzlerin Angela Merkel. Jedoch gibt es regionale Besonderheiten zu beachten.

Was die Hochschulen betrifft, so stehen die jungen Menschen nach dem Abitur vor geschlossen Toren. Eine Studentin hat ihren Nebenjob verloren. Die Uni Köln hat sich ein Sonderprogramm einfallen lassen: 800 EUR Förderung. Die Geförderten werden im Losverfahren ausgewählt. Außerdem gibt es ein zinsloses Darlehen für diejenigen Studenten, die ihr Nebenjob verloren haben und keinen Bafög bekommen.

Was die Schulen betrifft, so möchte man soziale Gerechtigkeit. Die Grundrechte dürfen nicht zu lange eingeschränkt werden. Es geht um Schutz für unsere Freiheit.

Die Telemedizin hat jetzt mehr Nachfrage, als Doktor auf Distanz, um die Corona Ansteckungsgefahr zu senken. Das Programm am PC ist für Ärzte kostenlos. Es ist eine IT Firma, die das erfunden hat und leitet. Sie hat alle Daten verschlüsselt, die sie an die Krankenkassen leitet. Die IT Firma hat ein großes Rechenzentrum mit vielen Geräten. Das Problem ist, dass die digitale Infrastruktur auf dem Land schlecht ist. Aber auch in Berlin ist sie schlecht, da sich zu viele Netze und Kabelverbindungen dort befinden.

Das Wichtigste ist, dass den Ärzten die Möglichkeit fehlt, den Patienten untersuchen zu können.

Die Kontaktsperre wird vorerst bis zum 3. Mai 2020 verlängert laut der Bundeskanzlerin Angela Merkel. Ältere Schüler sollen als erstes zum Unterricht. Es soll Stufen zum Eröffnen der Geschäfte geben. Buchläden, Möbelgeschäfte und Autogeschäfte sollen bald öffnen. Die Verantwortlichen meinen, werden die Lockerungen zu früh durchgeführt, könnten die Fallzahlen und Todeszahlen steigen, wenn zu spät, ist es schlecht für die Wirtschaft.

Bald wird über Lockerungen beraten. Es ist schon ein Streit der Ministerpräsidenten zu beobachten, heißt es. Der Politiker Söder, Ministerpräsident von Bayern, meint, das Problem ist die Nähe von dem

Bundesland Bayern zu Italien, zu Österreich. Dies wegen der starken Verbreitung des Virus in diesen Ländern und wegen der Ansteckungsgefahr. Was nun beschlossen ist, ist die Kontaktbeschränkung und der Reiseverbot bis Anfang Mai 2020. Auch die Wiedereröffnung von Schulen und Kitas soll bis dahin warten. Vielleicht könnten die Friseure bald öffnen.

Die Frage ist, ob es zu einer einheitlichen Lösung der deutschen Bundesländer kommen kann. Die Kriterien müssen einheitlich sein.

Es ist gut, dass es die Verantwortlichen gut meinen, um die Bevölkerung zu schützen. Nichtsdestotrotz ist es erstaunlicherweise eine extrem seltene Situation für die Menschheit, da es sonst nicht einfach so zu einem Lockdown gekommen wäre. Diese Situation gab es weltweit nicht seit dem zweiten Weltkrieg. Es ist ein wirklicher Ausnahmezustand. Wir haben eine Welt mit den neuesten Hygieneregeln. Die neuesten Technologien prägen unseren Alltag. Wir sind gut versorgt. Wir sind eine moderne Welt. Gut ausgestatten. Unsere Pharmaforscher kennen die modernsten Medikamente gegen die unterschiedlichsten Krankheiten. Hohe Impfstandards kennzeichnen unser Land.

Wie kann das in einer modernen Welt passieren, dass ein einfacher Virus die Welt lahmlegt, die Wirtschaft beeinflusst, die Menschen dazu zwingt, zu Hause zu bleiben? Das Leben hat sich komplett verändert. Natürlich halten wir zusammen in dieser Ausnahmesituation.

Jeder sollte das, was in der Welt passiert, kritisch hinterfragen. Dabei kennen wir die Tatsache, dass Chemiewaffen existieren, wir kennen chemische Kriegsangriffe. Diese hat es in der Vergangenheit unserer Weltgeschichte bereits gegeben. Wie würde solch ein chemischer Kriegsangriff aussehen? Vielleicht Vergasung? Was in der Luft? Gasangriffe in der Luft? Oder Angriffe anderer schädlicher sowie tödlicher chemischer Substanzen, die in die Luft freigesetzt werden...Chemie ist zu vielem fähig.

Bekannt ist auch das Schlagwort biologische Waffen. Wir haben das aus den Nachrichten schon mal mitbekommen. Biologische Waffen können Viren, Bakterien oder Parasiten sein. Auch Seuchen. Diese zielen auch darauf ab, zu töten. Es könnte wahrscheinlich sein, dass das Coronavirus solch ein biologischer Kriegsangriff ist.

Corona könnte ein durch biologische Waffen bedingter weltweiter Angriff auf die Menschheit sein, um diese zu schwächen mit dem Ziel sie langsam zu zerstören. Es wäre absurd zu denken, dafür sei ein menschlicher Präsident oder Politiker verantwortlich. Warum sollte er denn so etwas tun? Absurd wäre es auch zu behaupten, ein Chemiker oder jemand wie ein Oberhaupt von einem bösen Land wäre das. Das wäre kindisch so etwas zu behaupten. Solch ein Virus das die Welt befällt kann natürlich ein biologischer Angriff auf die Menschheit sein. Dieser jedoch würde meines Erachtens nicht von einem Menschen selbst stammen. Eher von einer höheren Intelligenz, das die Intelligenz des Menschen beherrscht. Es ist ein biologischer Krieg, den diese höhere Intelligenz jetzt während der Corona Zeit führt. Ich gehe auch davon aus, dass diese höhere Intelligenz gegen die Menschheit kämpft. Sie führt Krieg gegen die Menschheit, um diese schrittweise kleiner werden zu lassen.

Territoriale Kriege, keine ganzen Weltkriege auf einmal, denn sonst würden viele Ressourcen auf einmal vernichtet werden. Und viele Menschen. Für die ewige Lebensenergie wäre es schädlich. Daher schrittweise, langsam. Es ist ein Kampf der Energien. Es ist ein langsamer Beginn eines sich anbahnenden Endkampfs. Die Ressourcen sind nicht unendlich. Durch Kriege werden sie gefährdet. Es ist ein sich anbahnender Armageddon, ganz langsam sich zeigend.

Er möchte uns zeigen, dass es so wie bisher nicht weitergeht. Er möchte uns zeigen, dass wir gefährdet sind, und dass die Situation ernst ist. Zum Beispiel das Öl ist nicht unbegrenzt verfügbar auf unserer Erde. Nahrungsmittel sind bei uns im Überfluss. Anders wo fehlen sie. In eigenen Ländern sind Hungersnöte. In anderen Ländern sind Naturkatastrophen, Waldbrände, Überschwemmungen, Kriege, Flucht und Vertreibung. Einige Länder dieser Erde haben katastrophale Lebensbedingungen, sogar wir haben mit Hitzewellen und Dürre zu tun. Klimaschutz ist ein wichtiges Thema geworden. Das hilft natürlich, aber nur bedingt, wenn man die Erdsituation als Ganzes betrachtet. Klimaschutz und Krieg lässt sich nicht vereinbaren. Das ist kontrovers, da kann viel kontrovers diskutiert werden.

Jeder Stadtbewohner, der in einer Stadt lebt, die U Bahnen betreibt, kennt die Situation. Auch das Fahren in Bussen und Straßenbahnen zeigt diese Merkmale. Wir sitzen dicht zusammen gedrängt, quetschen uns durch die Menschenmasse hindurch wenn es keinen Sitzplatz gibt im Stehen. Schon beim Reingehen in die U Bahn wird es sogar bedrohlich eng. Ein bedrohliches und unangenehmes Gedränge an den Türen der U Bahn. Jeder will schnellstmöglich reingehen. Jeder denkt nur an sich selber.

Die Luft ist dick, wenn man in die U Bahn reinkommt, es riecht nach verbrauchter Luft. Wir stehen mit den schwitzenden und schwer atmenden Menschenmassen in den Gängen der U Bahnen. Wir schubsen uns. Wir drängeln. Es muss so sein, es geht nicht anders.

An das Gedränge sind wir gewohnt. Wer einen Sitzplatz ergattert hat, blickt fragend und neugierig auf sein Gegenüber. Blickt auf sein Handy. Es herrscht Platzmangel, Gedränge. Wir sind es anders nicht gewohnt, wir beschweren uns nicht, wir nehmen das tagtäglich hin ohne einen Laut zu meckern. Wir sind viele, wir haben Überpopulation, Bevölkerungswachstum. Wir lassen uns im Leben alles gefallen, auch wenn es uns missfällt. Was wir müssen, das müssen wir, da fragt uns keiner. Und U Bahn fahren müssen viele in einer Stadt.

Manche Städte wie Moskau in Russland oder London in England haben kunstvolle U Bahnen mit viel Kunst und schönen Baustrukturen, die schön anzuschauen sind. In Moskau sind die U Bahnstationen, genannt Metro, manchmal Kunstobjekte zum Bestaunen. Wie in einem Museum fühlt sich da der Fahrgast. Dort wird noch mehr gedrängelt. Dort ist es noch viel bedrohlicher für die Menschen, U Bahn zu fahren, da die Population noch viel größer und dichter ist, als in den deutschen Großstädten.

Dort ist die Rolltreppe unheimlich lange. Der U Bahn Gast wartet sehr lange, wenn er beginnt mit der Rolltreppe zu fahren, bis er am Ende der Rolltreppe angekommen ist. Es ist dort ungewohnt, denn ich habe diese Stadt Moskau in Russland mal besucht. Ich habe selber das U Bahnfahren dort erlebt.

Bei den deutschen U Bahnen sind die Rolltreppen vergleichsweise kürzer. Manchmal sind dort Bauarbeiten, dann muss man die normale Treppe nehmen, die sich in der Mitte befindet. An der einen Seite eine Rolltreppe die hochfährt und an der anderen einen Rolltreppe die runterfährt. Mittig die normale Treppe. Sie ist auch für die sportlichen unter uns gedacht, die gerne Treppen laufen und für Fahrradfahrer, die in die U Bahn ihr Fahrrad mitnehmen.

Auch in meiner Stadt wird in den U Bahn Stationen etwas Mühe gemacht, sie künstlerisch zu gestalten. Nicht schlecht. Wir haben auch einen Bildschirm, der kurze Nachrichten und Werbung sowie manchmal Filme mit Witzen zeigt, sowie andere interessante kurze Infofilme über das Geschehen. Dies aber nur in den zentralen U Bahnstationen, leider nicht überall. Es ist zur Ablenkung gut, sich die kurzen Nachrichten anzuschauen. Auch die Bilder und Werbung, sowie die lustigen Witze. Eine gute Idee von unserer Stadt. Nette Menschen räumen vom Boden Schmutz auf. Sie wischen den schmutzigen Boden, leeren die Mülltonnen in den U Bahnstationen. Ihnen gebührt ein besonderer Dank. Sie haben keine leichte Arbeit, sind den ganzen Tag in den U Bahnen tätig.

Natürlich können sie nichts dafür, dass es in der U Bahn Station trotzdem etwas schmutzig ist. Aber sie geben sich große Mühe uns das U Bahnfahren in der Großstadt zu erleichtern.

Wenn der U Bahnpassagier doch einen Sitzplatz ergattert hat, kann er sich ein wenig ausruhen. Wir haben bestimmte Stoßzeiten, morgens und nachmittags sowie am frühen Abend. Dann sind die U Bahnen besonders voll. Ansonsten sind sie gar nicht so überfüllt, es lässt sich ertragen. Und wenn der U Bahn Gast nicht an den Stoßzeiten fährt, hat er oftmals die Möglichkeit, einen Sitzplatz zu ergattern. Dann wird weniger gedrängelt, weniger geschubst. So kann man sich hinsetzen und mal beobachten, was die anderen so machen, wie sie aussehen, was sie anhaben. Ich bin ja modebewusst. Welche Mode ist angesagt, welche Schuhe haben die Menschen an, sind die Frauen geschminkt, welche Frisur haben sie, sind ihre Haare gefärbt? Ich mag das zu beobachten als Stadtmensch. Meistens sind sie mit ihrem Handy beschäftigt oder tun so als ob. Ich hoffe sie bemerken nicht, dass ich sie hin und wieder mustere und beobachte.

Oder sie tun als ob sie das nicht merken. Ich versuche das nicht so auffällig zu machen, aber auf mein Handy zu starren und da an irgendwelchen Knöpfen rumzudrücken macht weniger Spaß als die Menschen in der U Bahn zu beobachten. Wenn man schon U Bahn fahrt und die Gelegenheit dazu hat, warum auch nicht?

Dass in der U Bahn Menschen sind, die anonym sind, ist nicht schlimm. Ich bin gerne allein unter Menschen. Manchmal fühle ich mich in der Stadt einsam. Wenn ich dann in der U Bahn mit Menschen zusammen bin, hilft das gegen die Einsamkeit. Mich interessieren die Menschen so persönlich gar nicht. Nur Freunde, Familie, und Menschen mit denen ich Termine habe interessieren mich für das Persönliche. Die Menschen in der U Bahn können ruhig anonym bleiben, das ist auch gut so. Aber sie sind interessant auf ihre Art und Weise. Sie haben ihr Leben und ich meins. Ansprechen werde ich keine fremden Menschen einfach so. Aber wenn mal jemand was sagt, antworte ich. Vielleicht einfach so.

Kinder, Jugendliche, Menschen in jedem Erwachsenenalter sowie ältere Mitbürger sehe ich in den U Bahnen. Kleinkinder, sogar Babys im Kinderwagen mit Müttern, alle fahre mit U Bahn.

Straßenbahnen weisen ähnliche Strukturen auf, auch Busse. Die Fahrscheinkontrolleure sind auch mit von der Partie. Sie sind zwar nicht immer von jedem erwünscht, sind aber wichtig für unsere Verkehrsbetriebe. Auch die Zentren mit der netten Beratung zu den unterschiedlichsten Fahrkartenmöglichkeiten sowie Monatskarten und Jahreskarten gehören dazu.

In der Stadt geht es anonym zu. Menschen leben hier, begegnen sich, gehen wieder weiter. Es fahren

Krankenwagen vorbei, mit lauten Sirenen. Menschen werden krank in der Stadt. Sie werden das überall.

Sie leben und sterben in der Stadt. Keiner kriegt das so in der Stadt mit, wer stirbt. Es sterben im Pflegeheim ältere Bewohner, oder es sterben auch nicht so betagte Menschen oder Menschen im mittleren Erwachsenenalter. Woran weiß keiner...

Vielleicht Krankheiten, vielleicht an etwas anderem. Vielleicht ist so das Leben, dass die Menschen geboren werden, aufwachsen und sterben. Babys werden geboren. Es nimmt seinen Lauf, den Lauf des Lebens. Jemand stirbt, ein Baby wird geboren, ein Kind wird eingeschult, ein Student besucht das erste Semester der Universität.

Jemand ist verzweifelt, weil er im Gewirr des Arbeitslebens seine Arbeit verliert. Ein Restaurantbesitzer wird pleite. Sein Restaurant muss schließen. Wo anders wird ein neues Restaurant eröffnet. Da hatte ich doch zu Anfang beschrieben, wie ich fast alleine in einem asiatischen Restaurant saß. Die Menschen kamen nur zum Bestellen und gingen wieder. Dann saß ich ganz alleine im Restaurant. Es war schön geschmückt, mit Buddha Figuren. Die Menschen, die in diesem Restaurant arbeiten haben sich sehr große Mühe gegeben. Auch die Köche mit der häuslichen, leichten und gesunden Küche.

Nicht leicht hat es dieser Restaurantbesitzer des asiatischen Restaurants, das ich mal besucht habe, obwohl die Lage seines Betriebs gut ist, zentral.

Ein neuer Chef kritisiert seine Büromitarbeiterin. Sie fährt abends nach der Arbeit U Bahn und hat Tränen in den Augen, schaut traurig, hat Stress.

In der U Bahn mustern sich die Menschen. Ihre Privatsphäre ist nicht mehr so gesichert, da die Menschen zu nah beieinander sind. Näher, als es angenehm wäre, so nah, dass es unangenehm wirkt. Die Blicke sind aufdringlich, auch wenn sie einen nicht direkt angucken. Die ganze Situation macht den Eindruck, dass es aufdringlich erscheint, wenn ein Mann und eine Frau so dicht gedrängt beieinander sitzen, am Sitz einander aus Versehen berühren oder mit der Hand am Knie. Es geschieht bloß aus Versehen, ist aber unangenehm und widerlich. Dazu die warme verbrauchte Luft, die jeder einatmet und ausatmet.

Wenn es dunkel ist, sieht man viele dunkle Fenster in der Stadt, das Licht ist aus. Nur bei einigen brennt Licht. Den Sternenhimmel sieht man nicht in der Stadt, zu viele Gebäude rangen umeinander. Künstliches Licht ist an zur Beleuchtung der Straßen. Da viele Häuser Reihen nebeneinander sind, sieht der

Stadtbewohner bei Tag auch manchmal die Sonne und den Himmel nicht. In der Gegend mit Wolkenkratzern ist das ganz besonders der Fall.

Das Lebendige vermischt sich mit dem Statischen. Die Menschen sind im Vergleich zu den Wolkenkratzern klein. Auch die Autos und Straßenbahnen sind klein. Sie bewegen sich in einer Form von Adern durch die Stadt. Die Bewegungsform der Menschen ist vermischt. Auch die Geschwindigkeit, in der sie laufen. Ein gemischtes Durcheinander an Bewegung zwischen dem Straßenverkehr und den Menschen nimmt tagtäglich seinen Lauf. Spät abends sind weniger Autos unterwegs. Es wird ruhiger in der Stadt. Auch Menschen sind weniger unterwegs. Sie begeben sich nach Hause. Ihren Ort für die Nacht. Dann wird es in der Stadt stiller.

Sterbeschrei in der Nacht, ein Gebären mit Wehen, Babyweinen. Ein Wechsel des Seins und des Lebens und Sterbens in der Stadt. Generationswechsel. Junge Generation und alte Generation zusammen im Wechsel. Die eine Generation altert, die andere Generation wächst heran und wird Jugendliche.

Jede Generation hat da seine Eigenarten. Die junge Generation lacht viel und laut, redet laut, ist viel am Handy beschäftigt. Sie ist impulsiv, extravertiert. Sie möchte durch Kleidung und Sprache auffallen, daher lacht sie laut, damit jeder sie sieht und hört. Sie ist aber meist freundlich im Umgangston. Die junge Generation von Jugendlichen möchte keinen stören. Auch wenn sie frech rüberkommt, so ist ihr Umgangston nicht sonderlich frech.

Die ältere Generation ist da langsamer, braucht länger. Die Senioren unserer Stadt kennen sich, unterhalten sich. Das ist nicht überall so, nur in unserem etwas kleineren Stadtteil, der ein wenig für sich ist.

Viele Bewohner sind alleine. Vielleicht fühlen sie sich einsam hier, unverstanden, unbeachtet. Sie denken vielleicht, sie würden in der Anonymität der Stadt in der Masse untergehen.

Es sind viele Bauten und Reihen von Häusern nebeneinander dicht bebaut, viel Betonboden. Das bemerkten schon Autoren um 1900. In der Stadt ist wenig Platz für Wiesenlandschaften. Gut, dass es da einige wenige grüne Oasen der Ruhe gibt. Romantische Sonnenuntergänge wie am Meer oder in den Bergen sind hier fehl am Platz. Leider!

Malerische Landschaften, große Berge und himmlische Täler mit reiner Luft, große Wiesen wie gemacht für Ruhe und Entspannung, das ist verwehrt für den Stadtbewohner. Er hat Hektik, Schnelligkeit, Stress, ist unruhig. Er hat die Last des Großstadtlebens auf seinen Schultern zu tragen. Es ist nicht leicht für ihn. Er hat sich an sein Leben gewöhnt, anders zu leben wäre eine unrealistische Umstellung für ihn. Die Menschen leben an verschiedenen Orten auf unserer Erde. Manche leben am Meer an der Küste. Manche haben den Strand des Ozeans in der Nähe, wie zum Beispiel in Los Angeles in den USA. Dort ist der Sonnenuntergang ein himmlischer, in der Stadt in Deutschland bekommt der Bewohner so etwas gar nicht mit. Die Luft ist am Meer oder am Ozean mineralstoffreich. Sie hat viel an dem Salzmineral Jod. Für die Gesundheit der menschlichen Organe ist das sehr gut, zum Beispiel für die Schilddrüse und die Lunge. Es ist auch schön, wenn es das ganze Jahr über mild ist, so wie in Los Angeles. Da ist es sogar im Winter so um die 20 Grad Celsius warm. Das ist sehr angenehm, ich habe diese Stadt mal besucht und war begeistert.

Das Interessante ist an dieser Stadt, dass es auch eine Großstadt ist. Sie hat Busse, jedoch keine U Bahnen wegen dem Ozean. Sie hat viel Straßenverkehr, viele Autos, jedoch ist die Luft reiner.

Dort wachsen Palmen, dort scheint viel die Sonne, die Menschen sind dort wegen der Lage am Strand des Ozeans und des sonnigen warmen Wetters entspannter in ihrem Leben, auch wenn das eine Großstadt ist. Eben eine andere als die typische Großstadt in Deutschland. Oder Paris. Die Menschen leben so wie sie verteilt sind, wir reisen zwar, sind aber irgendwie fest an einem Ort. Vielleicht durch Zuwanderung, vielleicht durch Geburt. Oder durch Familie.

Leider hat es in den vergangenen Jahren in Los Angeles mehrere schlimme Waldbrände gegeben. Das auch um die Umgebung herum in Kalifornien. Dies ist sehr schade für die Bewohner. Die Feuerwehrleute hatten es schwer, die Waldbrände zu löschen. Sie entstanden durch Hitze und Dürre in der Gegend.

Zurück zu den U Bahnen in unserer Stadt. In den U Bahnen sehen die Menschen immer so müde aus, so schlapp. Irgendwie scheint ihnen alles egal zu sein. Sie erscheinen so lustlos. Einige unterhalten sich in einem matten Ton. Einige Jugendliche kontrollieren sich in ihrem Umgangston schlecht, lachen viel zu laut oder sprechen einfach so. Einige reden leise, einige flüstern. Die Menschen sind so gleichgültig in den U Bahnen. Auch dass da eine gewisse Frustration vorhanden ist bei den Menschen ist nicht zu übersehen. Diese ist vorhanden vielleicht aus dem Grunde, dass sie gezwungen sind, U Bahn zu fahren.

Gerade an diesem Ort in diesem Moment hier zu stecken macht ihnen keinen Spaß, sie würden lieber etwas anderes machen und an einem anderen Ort sein, der mehr Spaß macht. Vielleicht auf einer Wiese im Tal. Oder in der Küste am Ozean. Wenn die Bahnen in den Tunneln fahren und an jeder Station stehen bleiben, gehen neue Leute rein, welche steigen aus. Sie sind orientierungslos. Haben sie ein Ziel, wenn sie fahren oder nicht?

Schwangere sind viele, was vermehrt zu beobachten ist. Auch Pärchen, die Händchen halten. Müde Gesichter, auch ich bin müde, wenn ich U Bahn fahre. Alle sind schlapp in der U Bahn.

Sie steigen aus, wo es ihnen erlaubt wird. Sie sind nicht eigenwillig, wo sie aussteigen. Wie getrieben, geführt sind sie wenn sie sich bewegen, einsteigen und aussteigen. Sie wissen nicht, wohin es geht. Auf ihren Wegen in der U Bahn werden sie nicht durch ihren eigenen Willen geführt. Sie sind zu monoton, um einen eigenen Willen zu haben, wenn sie sich da so ziellos fortbewegen in den Wagons mit dicker Luft, die nach Gas riecht. Ein großes Gebilde umgibt sie, und sie sind bloß ein gedrängtes Subjekt eines großen Gebildes wie ein Bau.

Falls dann mal jemand schafft zu lächeln oder freundlich zu gucken, ist es eine ganz besondere Freude. Ein netter Blick, ein freundlicher Augenkontakt mit einem U Bahn Gast ist etwas Besonderes und lässt auf Freundlichkeit und Offenheit im Menschen hoffen.

Obwohl die Menschen etwas in den U Bahnen steuert, wie sie laufen und wo sie aussteigen und einsteigen, haben sie einen eigenen Willen, der mitberücksichtigt wird. Wie sie laufen und wohin sie gehen steuert ein riesiges Etwas was über diesen Menschen wie eine

Maschine existiert. Sie untergeben sich dem Fremd gesteuert sein von einer Welt der Fabrik für Menschen in einer Unauffälligkeit, ohne es zu zeigen. Zeigen dürfen sie es nicht, so gehört es sich nicht. Auch darüber zu reden ist es verboten. Jeder weiß es. Verbergen kann es keiner mehr. Aber es lässt sich so leicht verbergen.

Einige lächeln ein bisschen, einige haben monotone ausdruckslose Gesichter.

Andere wiederum starren grundlos auf ihr Handy, haben grundlos Kopfhörer an. Sie reden da so im unverständlichen leisen Ton, als ob mit jemanden auf dem Handy. Hierzu haben sie entweder Kopfhörer an oder halten ihr Handy schief eckig ans Gesicht. Nicht mehr so gerade wie sie früher das Handy gehalten haben, so als ob ihnen die Kraft fehle, das Handy normal zu halten.

5. DAS NEUE JAHR 2021 HAT BEGONNEN, ES HAT VIELE CORONA TOTE GEGEBEN

Nun ist nach einer Schreibpause von fast einem halben Jahr neues zum Thema Coronavirus passiert. Inzwischen habe ich mich mit viel Interesse und Fantasie einem neuen Fantasy Buchprojekt gewidmet. Wir haben den 10.01.2021. Ich habe währenddessen viel Nachrichten über das Coronavirus gelesen und geschaut.

Das Jahr brachte viele Tote mit sich, die durch das Virus gestorben sind. Es ist traurig und vor einem Jahr hätte keiner damit gerechnet, dass dieses Virus so lange andauern würde. Es ist eine schreckliche Zeit. Jeden Tag wird der Bürger mit weiteren Nachrichten über das Coronavirus überflutet. Die Medien sind voll damit. Andere Themen des Weltgeschehens sind in den Hintergrund geraten, was ich sehr schade finde.

Wir befinden uns inmitten von einem Lockdown in Deutschland. Es hat inzwischen mehrere Öffnungen und einen Teil Lockdown gegeben, mit den jeweiligen Hoffnungsschimmern, dass das Coronavirus bald weggehen würde.

Ich befürchte aber, dass wir es mit einer sehr langandauernden Pandemie zu tun haben. Vielleicht haben wir es sogar mit einer ein Leben lang andauernden lebensbedrohlichen und tödlichen Pandemie zu tun. Die Fallzahlen sprechen für sich.

Zwischenzeitlich gab es Öffnungen von Geschäften und Schulen, von Kitas und Universitäten. Doch nun zum erneuten Male sind die Schulen geschlossen. Auch Kitas sind geschlossen. Die Abschlussklassen sollen jedoch zum Unterricht, darüber denken die Politiker nach. Wir haben eine Maskenpflicht an öffentlichen Orten mit Menschenansammlungen; wir müssen wohl FFP2 Masken auch an anderen Orten wie Geschäften, öffentlichen Verkehrsmitteln wie Bussen und Bahnen, Arztpraxen, im Büro und auf anderen Arbeitsstätten tragen. Es wird von Angela Merkel eindringlich darum gebeten, wo es nur geht im Home Office zu arbeiten, oder teilweise im Home Office zu arbeiten, wenn es möglich ist.

Zu den Fallzahlen ist leider folgender starker Anstieg festzustellen. Zu den Gesamtzahlen Folgendes:

In den USA gibt es 24.126.195 Fälle von Corona, 399.053 Todesfälle sind heute gemeldet worden, am 19.02.2021. In Indien sind es 10.581.823 Corona Fälle, 10.288.753 Genesene und 152.556 Todesfälle. In Russland sind es 3.552.888 Corona Fälle, Genesene

Fälle sind es 2.947.460 und 65.059 Todesfälle sind leider heute gemeldet worden.

Weltweit sind es insgesamt 95.725.830 Fälle der Coronavirus Infizierten, 2.045.389 Todesfälle der Weltbevölkerung. In Deutschland sind es 2.059.382 Fälle der Infizierten, genesen sind 1.713.196 Menschen und es gibt leider insgesamt 47.263 Todesfälle in Deutschland zu verzeichnen.

Wir sind gerade noch am Anfang der weltweiten Pandemie. Die Politiker sind sich darin bewusst, dass es noch viele Infizierte und schlimmstenfalls viele Tote geben wird. In Deutschland ist die Zahl der Corona Toten in den letzten Monaten stark angestiegen.

Heute, den 20.01.2021 waren in Deutschland in einer neuen Wochenzahl von 102.704 Fällen an neuinfizierten des Coronavirus registriert. Heute beträgt die Anzahl der Todesfälle in Deutschland insgesamt 48.770.

*

Die Weltpolitik nimmt weiterhin ihren unaufhaltsamen Lauf in Richtung Veränderung. Die USA hat Trump nicht wiedergewählt, wie der ältere Herr, der neben mir draußen im Frühjahr 2020 einen Kaffee getrunken hat, überlegt hat. 2021 wird der nächste

Präsident der USA Biden sein. Mit fürchterlichen Machtkämpfen und sogar bewaffneten Überfällen und Ausschreitungen im weißen Haus geht die Ära Trump dem Ende zu und die noch ungewisse Ära Biden wird beginnen. Wir sind alle gespannt, wobei es keinen Sinn macht, den einen als Böse, oder den anderen als Gut darzustellen.

Diese simple Einteilung wäre nicht ganz richtig. Wir wissen ja noch nicht, wie der neue Präsident Biden regieren wird. Wir hoffen zwar auf eine bessere Regierungspolitik, können aber bei den Amerikanern nicht viel erwarten. So sind eben die Amerikaner. Versprechen kann man Vieles, jeder Politiker kann schön daherreden...

Was den deutschen jungen Menschen zu schaffen macht, ist die Tatsache, dass Sportstätten wie Vereine, Schwimmbäder und die Eissporthallen für den Breitensport und den Vereinssport nicht zur Verfügung stehen. Auch Schulunterricht zu Hause wird für viele Eltern zur schweren Belastung in der Familie. Es fällt den Eltern schwer, dem online Unterricht noch gerecht zu werden und die Kinder zu Hause zu betreuen. Da die häufig jungen Eltern zu Hause angespannt sind durch die Doppelbelastung von Homeoffice und Kindererziehung, fällt der Alltag den Eltern besonders schwer. Die Kinder können nicht in die Kindertagesstätte und nicht in die Grundschule. Nicht alle Eltern kennen sich mit der Ausbildung ihrer Kinder aus, daher fällt ihnen die Betreuung der Hausaufgaben durch den Fernunterricht und den Onlineunterricht sehr schwer. Es gibt häufig planlose Eltern, die der Situation nicht gerecht werden und weinende, frustrierte Kinder, die ihre Schulkameraden und den Schulunterricht vermissen.

Ihnen zu erklären, dass der Schulunterricht nicht stattfinden kann wegen dem Coronavirus ist dann den Eltern zu überlassen und stößt auf Verständigungsprobleme der Kinder. Ein Kind begreift solche Dinge schwer. Es ist den normalen Schulalltag gewohnt. Natürlich freut sich das Kind, nicht in die Schule gehen zu müssen. Für eine Woche oder zwei Wochen kann es ja ganz normal sein. Jedoch für solch eine längere Zeit die Schule nicht besuchen zu dürfen grenzt an die Geduld der Kinder und Jugendlichen. Sowie der Eltern.

Zu Hause mit den Eltern und Geschwistern haben die Schüler nicht die optimalen Bildungsmöglichkeiten und hängen in ihrem Bildungsniveau hinterher. Das Bildungsniveau von dem normalen Level ihres Alters zu erreichen wird die nächste Herausforderung sein. Nach dieser längeren Zeit des Lockdowns kann die verlorene Zeit des Unterrichts nur schwerlich nachgeholt werden.

Es ist die Jugend, die neue Generation, die einen Neuanfang nach der Corona Krise braucht. Und das sicherlich auch in der Bildungspolitik. Es wird sich in der nahen Zukunft herausstellen, dass die Schülerinnen und Schüler sich nicht einfach abstempeln lassen können. Sie brauchen die Lehrer. Ihre Eltern und das Lernen im Internet können den normalen Schulunterricht nicht ersetzen.

Die Lehrer sind speziell dafür ausgebildet worden, Kinder und Jugendliche verschiedenen Alters zu unterrichten und in ihrer schwierigen Lebensphase zu begleiten. Die Eltern sind überfordert und sind kein Ersatz für diese Lehrer.

Was für die ersten Wochen noch ganz schön war, als Kinder und Jugendliche zu Hause bleiben konnten und die Eltern ins Homeoffice geschickt wurden, wird immer mehr zu einer unüberwindbaren Herausforderung für die Familien. Oft besonders auch für junge Mütter. Das gemütliche Beisammen Sein mit der ganzen Familie verwandelte sich schließlich in Zank und Zoff zwischen den Geschwistern und mit der ganzen Familie. Eine enorme emotionale Belastung ist entstanden.

Gerade jetzt, als ich zu Hause bin, weint erneut ein Kleinkind im Vorschulalter. Das Kleinkind weint auf dem Treppenhaus und ich höre es bis in meine Wohnung. Es weint bestimmt, weil es nicht in die Kita kann. Gerne hätte es seine Spielkameraden um sich, und jetzt im Lockdown kann es mit seiner Mutter nicht so viel nach draußen, um sich nicht anzustecken. In die Kita darf es auch nicht. Es muss also viel zu Hause bleiben. Ihm fehlt es an Spielmöglichkeiten und Spaß mit den anderen Kindern. Auch die Kleinsten belastet dieser Lockdown.

Bis zum 14. Februar 2021 soll laut Bundeskanzlerin Angela Merkel der Lockdown weiterbestehen. Und bis dahin voraussichtlich gibt es eine Notfallbetreuung in Kitas und keine Präsenzpflicht in Schulen, sondern eine Notbetreuung für die Kinder der Eltern, die verbeamtet sind oder eine andere Berufsposition haben, in der sie nicht im Homeoffice arbeiten können.

Die Geschäfte und Warenhäuser sind geschlossen, nur Geschäfte für Lebensmittel und den alltäglichen Gebrauch sind geöffnet.

Friseure, Nagelstudios und Kosmetiksalons haben ebenfalls geschlossen. In Restaurants und Cafés ist das Mitnehmen von Speisen und Getränken möglich, was aber nur sehr wenige Menschen nutzen. Selbst nach fast einem Jahr seit dem Ausbruch des Coronavirus liegt die Wirtschaft fast lahm. Mehrere Restaurantbesitzer unserer Stadt sind betroffen und haben das Restaurant schließen müssen. Café und Restaurantbesitzer mussten ihr Geschäft aufgeben, da sie die Miete nicht mehr bezahlen konnten.

Kleinere Friseursalons und Kosmetikstudios haben den Betrieb eingestellt, müssen jedoch die Miete trotzdem bezahlen. Es ist verständlich, dass es ihnen dabei finanziell sehr schlecht geht. Ob sie ihr Salon oder Kosmetikstudio weiter betreiben können, ist schwer zu sagen. Auch Hotels und Pensionen haben es schwer, den Betrieb weiter aufrecht zu halten.

In Pflegeheimen haben es die älteren Bewohner besonders schwer. Sie als Risikogruppe befällt das Coronavirus besonders häufig. Ich habe eine düstere Reportage gesehen. In einem Pflegeheim sind besonders viele sehr alte Menschen an dem Coronavirus gestorben. Ein Pflegeheim, über das die Reportage lief, hatte besonders viele Sterbefälle binnen mehrerer Monate zu verzeichnen. Was mich besonders mitgenommen hat, waren die Bilder von mehreren Särgen, die vor dem Pflegeheim platziert waren, um die Toten alten Menschen zu beherbergen.

Dass dort auch viele Altenpfleger angesteckt wurden, erfuhr ich ebenfalls. Sie wurden in Quarantäne geschickt. Tatsächlich, viele alte Menschen sterben in Pflegeheimen an Corona. Das ist schrecklich und ich bin sehr mitgenommen, dass es so weit mit dem Coronavirus gekommen ist.

Selbst bei dem besten Schutz mit den besten Masken können wir nicht vor einer Ansteckung sicher sein. Angela Merkel mahnt zwar, Kontakte zu reduzieren, aber besonders in der Stadt, in der viele Menschen zusammentreffen ist es schwer. Natürlich sind die Straßen und die Cafés leerer als sonst. Aber an der Kasse oder im Lebensmittelgeschäft kommen da schon viele Menschen zusammen. Viel mehr Menschen als auf dem Land oder im Dorf. So ist das Stadtleben nun mal.

Ab dem 23.01.2021 gilt die Verschärfung der Maskenpflicht. In den öffentlichen Verkehrsmitteln und Geschäften sollen OP Masken oder FFP 2 Masken getragen werden, gab die Kanzlerin Angela Merkel Bescheid. Medizinische Masken haben eine höhere Schutzwirkung als Alltagsmasken wie etwa Stoffmasken. Dies ist gerade wegen der Mutation des Coronavirus in England wichtig. Die neue Virusvariante, genannt B 1.1.7 ist tödlicher als die bisher kursierende. In England, der University of Exeter gab es laut eines Berichts vom 23.01.2021 eine Studie, dass die Gesamtsterblichkeit von der neuen mutierten Variante 30 mal höher ist, als bei der normalen Variante des Coronavirus. Aus England wurde die neue mutierte Art des Virus durch Reisende leider nach Deutschland eingeführt. Auch in Deutschland wurde von Fällen der neuen Virusvariante berichtet.

Als die Menschen von der neuen mutierten Virusvariante in Großbritannien erfahren haben, war die erste

Reaktion, die Flugverbindung zu unterbinden. Menschen waren am Flughafen tagelang eingesperrt und konnten nicht weiterreisen. Sie mussten sich einem Corona Test unterziehen und lange auf das Ergebnis warten. Sie hatten keinen Ort zum Übernachten und mussten mit ihren Babys und Kleinkindern auf dem Flughafen auf einfachen Bänken schlafen. An Schlaf war dabei aber nicht zu denken, denn die Babys und Kleinkinder hatten Hunger, das Baby Brei war den Eltern ausgegangen und die Babys fingen an, laut zu schreien und zu weinen. Genauso wie die Kleinkinder. Als Entschädigung stellte das Flugpersonal ab und an Wasserflaschen zur Verfügung, als die Passagiere nicht weiterreisen durften und ungeduldig auf die Ergebnisse der Corona Tests warteten.

Im Flughafen in England herrschte das pure Chaos, als die Flüge gestrichen wurden und die Passagiere so lange warten mussten. Für die betroffenen Menschen ein Stresserlebnis, das sie ihr Leben lang nicht vergessen werden. Für die Babys und Kleinkinder ein Erlebnis, das sie in ihrer Entwicklung geschwächt hat. Die Menschen, die am Flughafen ein Interview gaben, sahen sehr erschöpft aus und weinten sogar vor der Kamera. Einige Menschen waren am Schimpfen und verstanden nicht, was sie als Nächstes machen sollten. Kein schönes Erlebnis. Dies alles, um das mutierte Coronavirus nicht nach Deutschland einzuschleppen.

Am 12.02.2021 gibt es Reisebeschränkungen wegen den neuen Virusvarianten in Gebiete, in denen ein besonders hohes Infektionsrisiko durch verbreitetes Auftreten bestimmter SarsCoV 2 Virusvarianten vorliegt. Die betroffenen Länder sind einige Nachbarstaaten Deutschlands: Slowakei, Tschechien, Österreich, das Bundesland Tirol mit Ausnahme des politischen Bezirks Lienz (Osttirol), der Gemeinde Jungholz, sowie des Rißtals im Gemeindegebiet von Vomp und Eben am Achensee.

Zum Schutz vor Virusmutationen sind entsprechende Einschränkungen in der Einreise aus den Virusvarianten Gebieten beschlossen worden. Es sollen auch vorübergehende Grenzkontrollen gegenüber der Republik Tschechien eingeführt werden.

Bei der Pressekonferenz am 12.02.2021 der Verantwortlichen Minister war ein erfreulicher Rückgang der Zahlen festzustellen: bei den Neuinfektionen, beim Inzidenz Wert, bei der Zahl der Menschen, die eine intensivmedizinische Betreuung benötigten.

Eine Erleichterung kann es aber noch nicht geben, wegen den neuen, infektiöseren Virusmutanten. Auch in Deutschland gab es Fälle von Infektionen mit diesen Virusmutationen, die wahrscheinlich vom Ausland eingebracht worden sind. Professor Lothar Wieler, Präsident des Robert Koch Instituts (RKI), meinte in dieser Pressekonferenz, dass wir auf dem guten Weg sind. Er appellierte an die Bevölkerung, sich alle an die Regeln zu halten und die Kontakte weiterhin zu reduzieren. Spahn ist sich sicher, dass wenn die Bundesregierung zu schnell an gesamte Lockerungen denkt, der bisherige Erfolg verspielt werden könne.

Kanzlerin Angela Merkel erklärte am 11.02.2021 die Bedeutung der widersprüchlichen Lage der sinkenden Neuinfektionen mit dem Coronavirus und der Gefahr der Mutation des Virus für unsere Bevölkerung. Sie forderte die Bevölkerung in einer Regierungserklärung vor dem Deutschen Bundestag auf, ausdauernd und geduldig zu sein. Das Ziel sei es, die Mutation klein zu halten, um mit starker Hoffnung wieder Öffnungen und Freiheiten, vielleicht schon schrittweise Mitte März, zu ermöglichen.

Schon ein Jahr lang kämpfen wir gemeinsam, so betonte es auch Angela Merkel, stemmen wir gemeinsam gegen das Virus, was natürlich eine nationale Kraftanstrengung ist. Es sei hervorzuheben, dass das Gesundheitssystem zwar überfordert, aber es eine Überbelastung des Gesundheitssystems zu verhindern gilt.

In diesem Winter, besonders im Februar 2021 ist es sehr kalt draußen. Es sind sinkende Temperaturen draußen mit Frost und Schnee. Minusgrade mit Schnee, Eisglätte und Frost sind diesen Winter leider an der Tagesordnung. Jedoch hielt es sich in den ersten Wintermonaten in Grenzen, erst Anfang Februar sanken die Temperaturen bis in die Minusgrade, nachts sogar bis in die zweistelligen Minusgrade hinein. Tagsüber trugen die Menschen in meiner Stadt Mütze, Schal und dicke Jacken und fuhren weniger Fahrrad als üblich. Die Kinder bekamen rote Bäckchen von der Kälte draußen, während die Menschen auf der Fußgängerzone sich trotzdem blicken ließen, um ihren Angelegenheiten nachzugehen. Alle trugen, wie vorgeschrieben, medizinische Masken, hielten wo es ging Abstand. Die Fußgängerzonen in meiner Stadt waren leerer als sonst in dieser Jahreszeit.

In ihrer Bundestagsrede sagte Angela Merkel (Quelle: bundesregierung.de): Am Ende können wir es gemeinsam schaffen, diese Pandemie zu besiegen und unser Land wieder in bessere Zeiten zu führen. Ich als Autorin dieser Betrachtung bin, obwohl ich auch andere herrschenden Meinungen über die Herkunft und Entstehung des Virus verdeutlicht habe, nur als Information für Sie als Leser, dass unsere Politik in Deutschland es schwer hatte, diesen Prozess der Bekämpfung und Vorbeugung des Coronavirus voranzutreiben. Ich finde, die Politiker haben richtig gehandelt, so gut sie konnten, und man bedenke auch, dass sie sicherlich stark überfordert waren mit ihren Aufgaben, auch die Verantwortlichen vom Robert Koch Institut in ihrer Zusammenarbeit mit den Virologen, die an der Entwicklung der Impfung beteiligt waren. Es macht mir Mut, dass wir uns auf die Bundesregierung verlassen können. Gleichzeitig machen mich die Schließungen während des Lockdowns traurig und müde.

Es ist richtig und gut, dass alle verantwortungsvoll die medizinischen Masken tragen, dass die Bevölkerung durch das Tragen der Masken die Lage ernst nimmt und alles dafür tut, das Risiko einer Infektion zu begrenzen. Natürlich verstehe ich auch die Impfgegner, auch ich hatte im Kleinkindalter sehr schlimme Nebenwirkungen einer Kinderimpfung und kann nachvollziehen, dass diese Menschen da skeptisch sind.

Ich möchte sie nicht verurteilen, sondern teile auch ihre Meinung. Alle Corona Skeptiker mit ihren Problemen der Miete Zahlungen ihrer wunderbaren und wichtigen Geschäfte, Gastronomie, und so weiter, die mit Geschäftsschließungen kämpfen oder von ihnen bedroht sind, die ihre Kinder zu Hause nicht betreuen können, und die vielleicht viele Kinder haben, vier oder fünf Kinder zu Hause, plötzlich mit heftigen

Problemen und Auseinandersetzungen konfrontiert sind, wir hoffen alle auf bessere Zeiten und wir alle brauchen vor allem eins:

Geduld und Besonnenheit.

In diesen schwierigen Zeiten ist es richtig, das Tragen der Masken zu beachten, mit der Hoffnung, dass der eine Traum in Erfüllung geht: dass wir bald alle keine Masken mehr brauchen und dass durch den Wendepunkt der Impfungen das Virus und die Virusmutation zurückgeht.

Kontaktreduzierungen helfen, das Virus einzudämmen. Am 10.02.2021 war festzustellen, dass die Corona Fallzahlen deutlich sinken. Da sich aber die ansteckendere Variante ausbreitet, wird an dem Grundsatz festgehalten, zu Hause zu bleiben so weit es geht. Bund und Länder haben die Kontaktbeschränkungen bis zum 07. März 2021 verlängert. Dabei betonte die Bundeskanzlerin Angela Merkel in einer Videokonferenz mit den Regierungschefinnen und Regierungschefs der Länder, dass die Maßnahmen ihre Wirkung zeigten (Quelle: NINA Warn App und bundesregierung.de). Das Ziel ist es gemeinsam die Infektionszahlen bis Mitte März weiter deutlich zu senken.

Zu den bisherigen Beschlüssen, die weiter gelten gehört: private Treffen im eigenen Haushalt dürfen mit maximal einer weiteren nicht im Haushalt lebenden Person gestattet werden. Im ÖPNV und beim Einkaufen gilt die Pflicht zum Tragen von OP Masken oder Masken der Standards KN95 oder FFP2. Es ist von den Arbeitgebern wo nur möglich Homeoffice zu gewährleisten. Es soll auf nicht notwendige Reisen und Besuche verzichtet werden.

Es ist besonders während der jetzigen eisigkalten Wintertemperaturen ein Wunschtraum vieler, ihr Gesicht nicht mehr mit der großen Maske verdecken zu müssen und sich dem in diesem Winter selten gewordenen Sonnenschein das Gesicht zu öffnen. Viele halten es mittlerweile für selbstverständlich, das Gesicht mit der Maske zu bedecken, ohne sich zu beschweren. Es ist wichtig sich zu schützen. Doch wie schön wäre da ein längerer Aufenthalt an der sonnigen kalten und frischen Winterluft mit offenem Gesicht, damit die Haut auch in den Wintermonaten Sonnenstrahlen abbekommt. In meiner Arztpraxis werden Vitamin D Untersuchungen jetzt vermehrt durchgeführt, was sicherlich mit der Bedeckung des Gesichts mit der Maske und den dunklen und kalten Wintermonaten zu tun hat.

Jedoch kann das Sonnenvitamin es besonders schwer haben, viele haben einen Vitamin D Mangel, Mangel an einem Vitamin besonders im Winter, das hauptsächlich durch die Sonne gebildet wird. Gerade da im Winter alles bedeckt ist, die dicke Jacke, die lange, warme Hose, der Pulli, Handschuhe bei manchen, Mütze, oder besser gesagt, der ganze Körper ist in den Wintermonaten bedeckt und nicht den Vitamin D erzeugenden Sonnenstrahlen ausgesetzt. Da bleibt nur noch das Gesicht übrig. Und da haben wir alle die großen Masken an, die fast das ganz Gesicht bedecken, die Augen und das Kinn noch etwas freilassen. Wie schade, dass uns die wärmende Sonne und die schönen leuchtenden Sonnenstrahlen auf der Haut so wenig erreichen.

Und vor allem im Gesicht, einige neigen zu Hautunreinheiten oder fahler Haut, ich persönlich neige zu Blässe und zu heller Haut, da ist es traurig und schade, dass wir schon seit fast einem Jahr Masken tragen. Viele Menschen haben sich schon im letzten März und April (2020) für das Tragen von Masken entschieden.

Es wäre einfach wunderbar, wenn die Gesichtshaut mal wieder atmet könnte, die Gesichtshaut sollte an der frischen Natur und an der frischen Luft draußen mal so richtig atmen können, damit das Blut gut durchzirkulieren kann. Jetzt ist es nur bedingt möglich, was ich auch akzeptiere.

Die Gesundheit hat oberste Priorität, vor allem wenn man sich die Todeszahlen und die immer noch starken Infektionszahlen hier im Lande anschaut.

Leider hat es auch ihren Preis, wobei ich sowieso gerne alleine bin und von zu vielen Treffen mit meinen Freundinnen eher eine schlechte Laune habe, als mich persönlich in meiner Entwicklung irgend wie entspannt oder besser zu fühlen, eher fühle ich mich gestresst und genervt von dem Tratsch und der Besserwisserei, von dem eingebildeten Getue der Freundinnen, dem arroganten Gehabe, den immer selben Liebeskummer Geschichten meiner Freundinnen, die ich gar nicht nachvollziehen kann und die mich gar nichts angehen. Da kann ich froh sein über die Isolation und die Kontaktbeschränkungen, da brauche ich wenigstens gewisse nervige Leute in meinem Leben nicht zu treffen oder weniger sehen, beziehungsweise nur am Telefon mit ihnen telefonieren.

Ich will keinen verurteilen, aber während des Lockdowns habe ich das Alleinsam in einer sehr angenehmen und positiven Art und Weise kennen gelernt, möchte es nicht mehr missen und bin dem Schicksal sehr dankbar für diese wundervolle Zeit der Selbsterkenntnis, ohne sich überhaupt einsam zu fühlen, was viele sicherlich nachvollziehen können, die auch solche Energieaufsaugenden Menschen um sich herum weniger sehen und in der Stille des Alleinseins zum Wahren inneren Selbst gekommen sind. Zur innerlichen Auseinandersetzungen mit sich Selber in einer Erkenntnis, dass Isolation und das Alleinsein gut und gewollt ist. Mit der Erkenntnis, wie gut diese Zeit tut, wie schlecht einige Menschen für uns sind. Wie schön es sein kann, es sich zu Hause bei einer gemütlichen Tasse Kaffee und einem spannenden Buch gemütlich zu machen, die Zeit zu vergessen, sowie alles drum herum. Warum immer den Treffen mit Freunden und Bekannten hinterherjagen, die doch nur an den Kräften zerren und Energie auslaugen.

Lieber es sich alleine gemütlich machen zu Hause, eine neue Erfüllung suchen, so wie ich zum Beispiel das Schreiben von Büchern sowie das Veröffentlichen. In sich hineinhorchen, brauche ich die sinnlosen unzähligen energieraubenden Menschen um mich herum nicht wirklich, oder kann ich mir selber genügen. Ich kann mir selber genügen, ich brauche niemanden außer mich selber zum Glücklich sein, dann brauche ich mich auch wegen der Kontaktsperre nicht aufregen und beschweren, dann kann ich auf Kneipen und Diskotheken verzichten, und, in meinem Fall, auch auf die Cafés und Restaurants. Obwohl ich mir gerne was bei meinem Lieblingsitaliener zum Mitnehmen bestelle.

Neulich habe ich mir ein sehr schmackhaftes Menü beim Italiener nebenan bestellt. Da ich dort gerne hingegangen bin, als es noch keinen Lockdown gab, kann ich nur von sehr positiver Erfahrung sprechen, die Speisen sind wirklich gut. Es hat mal wieder gut getan, etwas zu genießen, was professionell vom Koch zubereitet worden ist und was sehr frisch war. Ich habe es nach Hause mitgenommen. Es war alles gut eingepackt, gut durchdacht, denn die Speise war als ich zu Hause angekommen bin immer noch warm und würzig. Das habe ich mir schon lange nicht mehr gegönnt, daher war es ein besonderer Moment für mich, in Restaurant Laune zu verfallen, so wie es früher einmal war. Aber nicht ganz so, ich war ja nicht beim Essen im Restaurant anwesend.

Ich habe zu Hause gegessen, das Essen war zum Mitnehmen. Es ist während des Lockdowns nicht erlaubt, Speisen im Restaurant zu sich zu nehmen, daher machen die Restaurants starke Verluste. Das einzige was erlaubt ist, ist es Speisen und die Getränke mitzunehmen oder am Telefon zu bestellen und sich liefern zu lassen.

Viele Restaurantbesitzer haben es jetzt leider schwer. Sie haben weniger Bestellungen, obwohl sie alle angebotenen Speisen anbieten müssen, das heißt sie müssen die Zutaten vorrätig haben. Wenn dann weniger Bestellungen kommen, haben die Restaurant Besitzer und Mitarbeiter es sicherlich schwer, die eingekauften Zutaten zu verbrauchen, oder gar eine umfangreiche Speisekarte anzubieten.

Ohne es irgendwo gelesen zu haben, denke ich, dass einige Reste übrig bleiben von den eingekauften Zutaten der Küchenchefs, da es jetzt im schon sehr lange andauernden Lockdown weniger Bestellungen gibt. Die Miete muss bezahlt werden, der Strom, die Löhne der Mitarbeiter. Das auch in den Cafés, Gaststätten, und es hat sicherlich auch Kündigungen gegeben, ohne dass neue Jobs vorhanden waren. Die eine oder andere Kellnerin hat ihren Job verloren, der eine oder andere Restaurantmitarbeiter auch, was sehr schade ist. Der eine oder andere Koch hat wohl auch Kündigungen erhalten.

6. DIE NEUE HOFFNUNG DURCH DIE IMPFUNG

Es steht fest: der neue Impfstoff wurde hergestellt, erprobt und genehmigt. Es beginnt eine Ära der neuen Hoffnung in der Bekämpfung des Coronavirus in unserer Gesellschaft und auf der ganzen Welt. Ob wir aufatmen können, wissen wir bei langem nicht, und ob wir damit das Virus wirklich ganz eindämmen können, bleibt leider immer noch ein ferner Traum der Zukunft. Wir fangen zu hoffen an, wir fangen an, die Sorgen mit dem Stück Hoffnung zu vereinigen, irgendwann, keiner weiß überhaupt wann, mit der Impfung dranzukommen, um so dem Coronavirus standzuhalten.

Nach dem 26.12.2020 wurde der Impfstoff in Deutschland eingeführt. In der Europäischen Union begann ebenfalls die Verteilung des Impfstoffs. Die ersten Dosen wurden an die Bundesländer ausgeliefert. Von dort aus gingen sie an Impfzentren und mobile Teams. Geimpft werden zuerst Menschen über 80 sowie Pflegekräfte und besonders gefährdetes Krankenhauspersonal. Bundesgesundheitsminister Jens Spahn nennt dies die größte Impfkampagne in seiner Geschichte. Er betonte zum Impfstart, dass die Impfzentren startklar sind und dass die Impfteams stehen.

Jedoch betonte Spahn, dass das Virus mit dem Start der Impfung noch nicht besiegt sei. Damals, am 26.12.2020 sagte Spahn, das Ziel sei es, Mitte des Jahres 2021 mit dem Impfen in die Flächen zu gehen und jedem der will, ein Impfangebot zu machen.

Unsere Politiker machen viele Versprechen, die sie nicht einhalten können, das wissen die Bürger in Deutschland. Ich sehe dieses Versprechen wieder als einen Beweis dafür, dass die Politiker alles tun, um Wähler zu gewinnen und einen guten Ruf zu erhalten. Sie versprechen gerne, was sie nicht einhalten können, um die aufgewühlte Bevölkerung zu beruhigen und zu besänftigen. Jedoch beim heutigen Stand vom 14. Februar 2021 sind bei weitem noch nicht alle über 80 Jährigen geimpft, sogar in Pflegeeinrichtungen sterben betagte Bewohner, da sie die Impfung nicht rechtzeitig erhalten haben.

Also hat uns da Herr Spahn denn möglicherweise nicht zu viel versprochen mit der Aussage, dass Mitte des Jahres 2021 die Impfung allen Impfwilligen zu Verfügung stehen wird, wenn nicht mal die notwendigste Versorgung der am stärksten gefährdeten Bürgerinnen und Bürgern gewährleistet werden konnte?

Schade, die Menschen machen sich sofort Hoffnungen, wenn sie von einer wichtigen Persönlichkeit wie

Herrn Spahn aufgemuntert werden in einer schwierigen Situation, dass sie in der Mitte des Jahres geimpft werden können. Aber wenn gleichzeitig das Versprechen nicht eingehalten wird, wissen die Menschen gar nicht mehr, auf wen sie sich verlassen können. Was kann man heutzutage glauben und was nicht, das ist schwer zu unterscheiden. Andererseits, finde ich, sollten die Politiker wenn sie etwas nicht genau vorhersagen können, was auch nachvollziehbar ist, weil es nicht in ihrer Macht steht, lieber keine voreiligen falschen Schlüsse ziehen.

Der Impfstoff gegen das Coronavirus der Unternehmen Biontech/Pfizer wurde zur Zulassung für die Europäische Union geprüft. Die Europäische Arzneimittel Agentur EMA empfahl den Impfstoff von Biontech/Pfizer für die Zulassung für die EU. Emer Cooke, die Direktorin der Europäischen Arzneimittelagentur sagte in Amsterdam im Dezember 2020, dass es ein historisch einmaliger Schritt beim Kampf gegen die Pandemie sei, die so viel Leid auf der Welt verursacht hat (Quelle: Warn App NINA und bundesregierung.de).

Die wissenschaftlichen Hinweise spielten bei der Entscheidung für Emer Cooke eine wichtige Rolle. Sie wies auf die internationale Zusammenarbeit von Wissenschaft, Politik, Wirtschaft und Gesellschaft hin. Sie nennt es eine wissenschaftliche Höchstleistung, dass zum ersten Mal in der Geschichte in so kurzer Zeit ein erfolgreicher Impfstoff gegen einen Virus entwickelt worden ist.

Sie wies auch darauf hin, dass noch weitere Impfstoffe für den erfolgreichen Kampf gegen die Pandemie notwendig seien. Weiterhin sollten die Menschen trotzdem auf Hygieneregeln und Abstandsregeln achten und sie einhalten, meinte Emer Cooke und ich finde das richtig. Nach der Freigabe der Impfstoff Chargen durch das Paul Ehrlich Institut werden schwerpunktmäßig zunächst die Altenheimen und Pflegeeinrichtungen mit dem Impfen dran kommen.

Das RKI, als Sprecher der Präsident des Robert Koch Instituts Lothar Wieler, rät immer noch, und das stärker seit den steigenden Fallzahlen und Todeszahlen im Dezember 2020, Kontakte auf das absolute Minimum zu reduzieren und nicht zu reisen. Er sagte aus, es gebe keinen Ort, an dem man sich nicht anstecken kann. Das Risiko bestehe überall dort, wo Menschen zusammenkommen. Das Weihnachtsfest 2020 und das Silvester und Neujahrsfest, sowie die Tage zwischen den Jahren wurden nach Anraten von Lothar Wieler und der Bundesregierung nur im kleinsten Familienkreis verbracht.

Durch das Anraten Seitens der Verantwortlichen, die Kontakte auf das Nötigste einzuschränken, wenn ein Treffen nötig ist, dann nur wenige Menschen und möglichst draußen, hatte und hat die Bevölkerung starke Einschränkungen erlitten. Zusätzlich zu dem Tragen von Masken und zusätzlich zu der schwierigen Zeit in Brachen der Gastronomie, und der Unterhaltungsbranche, denn auch Konzerte und Veranstaltungen fallen seit fast einem Jahr aus, was einen enormen Verlust für den Veranstaltungssektor darstellt.

Da bleibt nur alle Hoffnung auf Normalität durch die Impfungen. Viele hoffen, dass es nicht allzu viele Impfgegner geben wird, damit wir das Virus längerfristig eindämmen können. Ab Dezember 2020 verschlechterte sich die Situation mit den Fallzahlen kontinuierlich, sodass mehrere Verlängerungen des Lockdowns nötig waren. Die Verschlechterung zeigte sich an den Neuinfektionen und an den Todesfällen. Das RKI sagte aus, dass viele Krankenhäuser, Ärztinnen, Ärzte, Pflegekräfte am Limit sind. Und jeden Tag sterben in Deutschland inzwischen Hunderte Menschen an Covid 19. (Quelle: RKI, bundesregierung.de).

Seit Dezember ist ein hoher Anstieg an schweren Ausbrüchen verbunden mit hohen Todeszahlen insbesondere in vielen Altenheimen feststellbar. Der Beginn der Impfungen wird zeigen, ob dies gebessert werden kann in der Zukunft.

Die Infektionszahlen geben noch keine Entwarnung, in der gesamten Bevölkerung, in allen Altersgruppen in Deutschland. Es wird angenommen, dass an der Gesamtsituation auch die Impfungen zunächst nichts ändern werden. Kurz nach Weihnachten 2020 konnten erste Impfungen stattfinden. Bis die Mehrheit der Menschen in Deutschland geimpft sei, so Wieler, werde es noch lange dauern. Umso wichtiger sei es, die Infektionszahlen zu mindern (Quelle: RKI, bundesregierung.de).

Ob und wann wir wieder ein gewisses Maß an Normalität wiedererlangen können, ist hierbei noch sehr ungewiss. Das RKI stellte fest, dass Nebenwirkungen bislang nicht gehäuft auftreten. Es handelt sich um eine Art genetischen Impfstoff, einen sogenannten mRNA Impfstoff, der aber unsere Gene nicht verändert. Man wisse jedoch noch nicht, ob zu der Verhinderung einer Erkrankung der Geimpften auch die Ansteckung anderer Menschen verhindert werden kann.

Hervorzuheben ist auch ein wichtiges Detail, das viel zu oft übersehen wird: es ist noch nicht klar, wie lange der Impfschutz anhält, und wie gut die Impfungen bei besonderen Risikogruppen wirken. Das RKI stellte schon bei der Einführung des Impfstoffs Ende Dezember 2020 sicher fest, dass wir durch die Impfung das Risiko verringern, an Covid 19 zu erkranken. Dies sagte der Leiter der Impfprävention des RKI aus (Quelle bundesregierung.de, NINA Warn App).

Seit dem 27.Dezember 2020 sind fast 400.000 Menschen in Deutschland vor allem in Pflegeheimen geimpft worden. Bundesgesundheitsminister Jens Spahn betonte, dass wir diejenigen zuerst schützen wollen, die am verwundbarsten sind, in den Pflegeeinrichtungen, die Älteren und diejenigen, die sie pflegen und betreuen.

Spahn sieht den Tag des Impfstarts als Schlüssel, um die Pandemie zu bewältigen. Um jedoch nicht voreilige Hoffnungen zu machen, betonte er, dass der Impfstoff weltweit ein knappes Gut ist. Er bittet in seiner Aussage die Bevölkerung um etwas Geduld. Dass wir anfangs zu wenig Impfstoff haben würden, das war von Anfang an klar. Das ist auch schon seit mehreren Wochen und Monaten klar, urteilte Spahn, (Quelle: NINA Warn App).

Auch der Moderna Impfstoff wurde entwickelt. Die Firma Biontec, die einen Impfstoff bereitstellt, spielt eine zentrale Rolle. Die Bundeskanzlerin und die Fachminister sagten, dass es ihr gemeinsames Ziel ist, dass das Unternehmen so schnell wie möglich einen weiteren Produktionsstandort in Marburg eröffnen kann, um die Impfstoffproduktion massiv auszubauen. Das helfe Europa, und das helfe vor allem Deutschland. Spahn und die anderen Politiker und Virologen möchten keine Zwangslizenzen verteilen oder Unternehmen beauftragen, die bisher noch gar nicht mit diesem Impfstoff oder überhaupt in der Impfstoffproduktion tätig waren.

Der Standpunkt in Deutschland ist: Impfen braucht Vertrauen: in die Zuverlässigkeit des Impfstoffs, in das Verteilungsverfahren, in die Organisation, betonte Spahn (Quelle: NINA Warn App). Fakten stehen dem Bedürfnis nach Beschleunigung der Impfkampagne entgegen. Wir alle wollen unser altes, freies Leben zurück. In so kurzer Zeit sollte daran gedacht werden, was realistisch ist und was nicht. Und das sagen auch die Politiker. Da wäre es toll, wenn die Politiker standhaft bleiben und keine zu voreiligen Versprechen verbreiten, auf die wir als Bevölkerung vertrauen, weil uns nichts anderes übrig bleibt.

Über die bisher zugelassenen Impfstoffe lässt sich Folgendes sagen:

BioNTech/Pfizer

Es handelt sich um einen mRNA Impfstoff.

Die Funktionsweise des Impfstoffs ist es, dass der Körper eine Bauanleitung erhält, die Antikörperbildung anregt. Die Haltbarkeit im Kühlschrank ist bis zu fünf Tage. Die Anzahl der Impfdosen sind 2. Die Altersempfehlung ist ab 16 Jahren.

Moderna

Es handelt sich um einen mRNA Impfstoff.

Die Funktionsweise des Impfstoffs ist es, dass der Körper eine Bauanleitung erhält, die Antikörperbildung anregt. Die Haltbarkeit im Kühlschrank ist bis zu 30 Tage. Die Anzahl der Impfdosen ist 2. Die empfohlene Altersbegrenzung ist ab 18 Jahre.

AstraZeneca

Es handelt sich um einen Vektorimpfstoff.

Die Funktionsweise des Impfstoffs ist es, dass nicht vermehrungsfähige Viren die Antikörperbildung anregen. Die Haltbarkeit im Kühlschrank ist bis zu sechs Monate. Die Anzahl der Impfdosen ist 2. Die Altersbegrenzung ist ab 18 und bis 64 Jahre.

Im Kühlschrank sind die Impfdosen bei 2 bis 8 Grad wie angegeben haltbar.

Diese drei Impfstoffe sind bisher in der EU zugelassen.

(Die Quelle dieser Informationen zu den Impfstoffen ist: bundesregierung.de)

Momentan, Stand 15.02.2021 sind wir immer noch mit den Impfungen der ersten Gruppe dran. Die Bevölkerung der ersten Gruppe:

Gruppe 1 höchste Priorität

sind die über 80 Jährige, sowie Personen in stationären Einrichtungen für ältere oder pflegebedürftige Menschen, die dort behandelt, betreut werden, oder tätig sind.

Des Weiteren gehören dazu Pflegekräfte in ambulanten Pflegediensten und Beschäftigte in medizinischen Einrichtungen mit einem hohen Expositionsrisiko, sowie Beschäftigte in medizinischen Einrichtungen, die Menschen mit einen hohen Risiko behandeln oder pflegen.

Die Impfungen finden derzeit in Impfzentren statt sowie über mobile Impfteams, die Pflegeheime oder ähnliche Einrichtungen aufsuchen. Zuständig sind die

Bundesländer. In Arztpraxen sind noch keine Impfungen möglich.

Über den Start der Impfungen für die nachfolgenden Gruppen wird rechtzeitig informiert.

Gruppe 2 hohe Priorität

Das sind Personen über 70 Jahren.

Personen mit Trisomie 21, mit Demenz, mit geistiger Behinderung oder mit einer schweren psychiatrischer Erkrankung, insbesondere bipolare Störung, Schizophrenie oder schwere Depression. Personen nach einer Organtransplantation.

Krebskranke, Personen mit schwerer Lungenerkrankung, Mukoviszidose, COPD, sehr ausgeprägter Adipositas, schwerem Diabetes mellitus, chronischer Lebererkrankungen oder Nierenerkrankungen.

Personen, bei denen nach individueller ärztlicher Beurteilung aufgrund besonderer Umstände im Einzelfall ein sehr hohes oder hohes Risiko für einen schweren Krankheitsverlauf nach einer Infektion mit dem Coronavirus besteht.

Bis zu zwei enge Kontaktpersonen von pflegebedürftigen Personen, die nicht in einer Einrichtung leben, die über 70 Jahre sind, nach Organtransplantation oder die eine der vorgenannten Erkrankungen oder Behinderungen haben.

Bis zu zwei enge Kontaktpersonen von Schwangeren.

Personen, die in stationären Einrichtungen für geistig behinderte Menschen tätig sind oder im Rahmen ambulanter Pflegedienste regelmäßig geistig behinderte Menschen behandeln, betreuen oder pflegen.

Patienten, die in Bereichen medizinischer Einrichtungen mit einem hohen oder erhöhten Expositionsrisiko in Bezug auf das Coronavirus haben.

Polizeikräfte und Ordnungskräfte, die im Dienst, etwa bei Demonstrationen, einem hohen Infektionsrisiko ausgesetzt sind.

Personen im öffentlichen Gesundheitsdienst und in relevanten Positionen der Krankenhausinfrastruktur.

Personen, die in Flüchtlingsreinrichtungen und Obdachloseneinrichtungen leben oder tätig sind.

Personen, die im Rahmen der nach Landesrecht anerkannten Angebote der Unterstützung im Alltag im Sinne des Paragraphen 45a des Elften Buches Sozialgesetzbuch regelmäßig bei älteren oder pflegebedürftigen Menschen tätig sind.

Gruppe 3 Erhöhte Priorität

Über 60 Jährige

Personen mit folgenden Krankheiten: Adipositas, chronische Nierenerkrankungen, chronische Lebererkrankungen, Immundefizienz oder HIV Infektion, Diabetes mellitus, diverse Herzerkrankungen, Schlaganfall, Krebs, CORD oder Asthma, Autoimmunerkrankungen und Rheuma.

Beschäftigte in medizinischen Einrichtungen mit niedrigem Expositionsrisiko (Labore) und ohne Betreuung von Patienten mit Verdacht auf Infektionskrankheiten

Personen, die Mitglieder von Verfassungsorganen sind oder in besonders relevanter Position in den Verfassungsorganen, in den Regierungen und Verwaltungen, in der Bundeswehr, bei Polizei, Zoll, Feuerwehr, beim Katastrophenschutz, in der Justiz und Rechtspflege, den Auslandsvertretungen oder bei Organisationen der Entwicklungszusammenarbeit

Personen in relevanter Position in Unternehmen mit der kritischen Infrastruktur, in Apotheken und Pharmawirtschaft, öffentlicher Versorgung und Entsorgung, Ernährungswirtschaft, Transportwesen, Informationstechnik und Telekommunikation

Personen, die im Einzelhandel tätig sind

Erzieher/innen und Lehrer/innen

Personen mit prekären Arbeitsbedingungen oder Lebensbedingungen

Gruppe 4

Alle, die ein geringeres Risiko haben, einen schweren Verlauf einer Covid 19 Erkrankung zu erleiden. Ihnen soll nach den priorisierten Gruppen ein Impfangebot gemacht werden.

Der Gesundheitsminister Jens Spahn betont die Bedeutung vom Priorisieren, und das heißt, einige privilegieren.

So stellte er die Impfreihenfolge vor. Es sei eine Frage der Solidarität, wenn diejenigen, die zuerst geimpft werden, daraus nicht gleich den Anspruch hervorheben, ab jetzt anders behandelt zu werden als die anderen, die, obwohl sie wollen, noch nicht geimpft werden können. Deshalb gelten Abstand, Hygiene, Alltag mit Maske weiterhin für alle. Wir sollten gegenseitig aufeinander aufpassen.

(Quelle: bundesregierung.de)

Es wird keine Impfpflicht geben. Die Impfung gegen das Coronavirus ist freiwillig.

Leider kann man den Impfstoff nicht frei wählen. Wegen der Impfstoffknappheit beinhaltet der Anspruch auf Schutzimpfung gegen das Coronavirus nicht das Recht, den Impfstoff eines bestimmten Herstellers zu wählen.

Der Impfstoff AstraZeneca wird nur für Personen zwischen 18 und 64 Jahren empfohlen. In der Auswertung der Zulassungsstudien zu de Impfstoff konnten für die Altersgruppe 65 Jährigen und Älteren nur etwa 300 Teilnehmer/innen in der Impfstoff Gruppe und Placebo Gruppe berücksichtigt werden. Diese Datenlage reicht nicht aus, um eine wissenschaftlich fundierte Aussage über die Wirksamkeit des Impfstoffs in dieser Altersgruppe zu treffen.

Sobald mehr Daten für diese Altersgruppe vorliegen, wird die Ständige Impfkommission ihre Einschätzung prüfen.

Bei der Impfung mit AstraZentca bei Personen von 18 bis 64 Jahren besteht eine Wirksamkeit von 70 Prozent.

(Quelle: bundesregierung.de)

Dies ist also zu beachten bei dieser Impfung, denn dann weiß der Geimpfte über das Risiko doch noch zu erkranken Bescheid.

Ich habe über Infizierte mit den verschiedenen Impfstoffen gelesen, die trotz Impfung erkrankt sind. Diese hatten jedoch eine milde Verlaufsform, waren meistens Pfleger und konnten alsbald zur Arbeit erscheinen. Mit milden Symptomen hatten sie das Glück, nicht zu sehr am Coronavirus zu erkranken. Jedoch ist zu beachten, dass sie geimpft waren. Es wird sicherlich in der Zukunft noch Gelegenheiten geben, diese Eigenschaften der Impfungen zu beobachten und die Menschen werden in den Medien darüber informiert, falls es sich zeigen wird, dass die Impfungen keinerlei Wirkung haben werden in einigen Fällen.

Überall auf der Welt ist der Impfstoff ein knappes Gut. Es ist klar, dass eine viel zu große Nachfrage auf die begrenzten Produktionskapazitäten trifft. Daher war eine Gruppierung mit Prioritäten der vulnerablen Gruppen nötig. Zu Beginn sind das die Bewohner von Pflegeheimen, die vorrangig geimpft werden.

Die Impfungen dort haben am 27.12.2020 begonnen.

Zu der Sicherheit der Impfungen ist Folgendes zu informieren:

In Deutschland wird ein Impfstoff nur dann zugelassen, wenn er alle drei Phasen des klinischen Studienprogramms bestanden hat. Dabei gelten die nationalen und internationalen Sicherheitsstandards, wie dies auch bei allen anderen Impfstoff Entwicklungen der Fall ist. Um sehr seltene Nebenwirkungen zu erfassen, wird die Impfstoff Anwendung nach der Marktzulassung weiter überwacht und bewertet.

Hierbei gab es trotz der Schnelligkeit der Impfstoffentwicklung kein Herabsinken der Standards für die Zulassung. Es wurde viel Geld investiert, um so die Impfstoffentwicklung zu beschleunigen, und so wurden die Studien ohne Zeitverzögerung durchgeführt. Durch die Priorisierung wird es für forschende Firmen und Labore möglich sein, Zeit zu sparen und schneller von einer Prüfphase in die nächste zu gehen.

Ich werde mich auch selbst mit einem in Deutschland zugelassenen Impfstoff impfen lassen.

Kinder und Jugendliche unter 16 Jahren sollen nicht geimpft werden. Für sie ist der Impfstoff aktuell nicht zugelassen. Außerdem liegen noch keine Erfahrungen vor über die Impfung in der Schwangerschaft und Stillzeit. Daher wird diesen Frauen die Impfung nur nach einer individuellen Nutzen Risiko Abwägung empfohlen. Wer an einer akuten Krankheit mit Fieber über 38,5 Grad Celsius, wie zum Beispiel Grippe leidet, soll erst nach Genesung geimpft werden. In Einzelfällen können Allergien bestehen, welche dem Impfarzt vor der Impfung mitgeteilt werden sollen. (Quelle: Aufklärungsbogen zu Covid 19 Impfung/ Robert Koch Institut)

Es werden zuerst die Impfstoffe nur für Erwachsene zur Verfügung stehen. Bei Kindern und Jugendlichen konnten sie noch nicht genügend auf Wirksamkeit und Sicherheit untersucht werden. Dies hat folgende Gründe:

Kinder sind aus ethischen Gründen nicht für frühe Tests vorgesehen. Bevor eine klinische Prüfung an Kindern durchgeführt werden kann, muss sichergestellt werden, dass in den Studien bei Erwachsenen keine schwerwiegenden Nebenwirkungen auftreten. Ähnlich wie auch die Impfstoffentwicklung für Erwachsene verläuft die Impfstoffentwicklung für Kinder: sie durchläuft verschiedene Stufen, in denen die

Sicherheit und Wirksamkeit der Impfung geprüft werden, bevor sie zugelassen werden können.

Der Schwerpunkt ist daher zunächst, diejenigen zu schützen, die am meisten an Covid 19 erkranken. Das sind ältere Menschen und/oder Menschen mit Vorerkrankungen. Es ist zu hoffen, dass mit dem wirksamen Impfstoff für Erwachsene, der im Laufe der Zeit in Anspruch genommen wird, auch das Infektionsgeschehen deutlich zurückgeht. Dann können auch Kinder geschützt werden. Kita und Grundschulkinder scheinen das Infektionsgeschehen nicht voranzutreiben, da sie weniger häufig erkranken als Erwachsene.

Nach Angabe der Weltgesundheitsorganisation (WHO) werden aktuell möglicherweise 63 Impfstoffe klinisch getestet. Es gibt drei verschiedene Phasen in der Entwicklung eines Impfstoffs.

Phase I

Die Verträglichkeit eines Impfstoffs und seine Fähigkeit, eine Immunabwehrreaktion hervorzurufen, wird erstmals am Menschen getestet. Jedoch nur an maximal 100 gesunden Freiwilligen.

Phase II

Die richtige Dosis, die Verträglichkeit und die Immunabwehrreaktion werden an einer größeren Anzahl von Freiwilligen (mehrere Hundert) erprobt.

Phase III

In dieser Phase erhalten mehrere tausend bis mehrere zehntausend Freiwillige den Impfstoff. Im Alltag soll erprobt werden, ob er wirklich vor einer Infektion schützt und sicher ist. Seltene Nebenwirkungen werden erkennbar.

Verlaufen diese Prüfungen erfolgreich, kann ein Zulassungsverfahren beginnen. Ist dieses abgeschlossen, kann der Impfstoff eingesetzt werden.

(Quelle: Bundesministerium für Gesundheit / Presse und Informationsamt der Bundesregierung)

Zu den aktuellen Fallzahlen in Deutschland lässt sich Folgendes sagen:

Stand: 22.02.2021

Gesamt: 2.390.928

Differenz zum Vortag: 4.369

Fälle in den letzten 7 Tagen: 50.691

7 Tage Inzidenz: 61

Todesfälle: 67.903

(Quelle: www.rki.de)

Zu den aktuellen Zahlen in den verschiedenen Ländern der EU / EEA lässt sich Folgendes sagen:

Ausgesuchte Länder:

Frankreich

Gesamtfälle: 3.465.163

Todesfälle: 81.814

14 Tage Inzidenz: 398,17

Spanien

Gesamtfälle: 3.086.286

Todesfälle: 65.449

14 Tage Inzidenz: 556,66

Italien

Gesamtfälle: 2.721.879

Todesfälle: 93.577

14 Tage Inzidenz: 283,10

Polen

Gesamtfälle: 1.591.497

Todesfälle: 40.832

14 Tage Inzidenz: 205,78

Niederlande

Gesamtfälle: 1.030.786

Todesfälle: 14.826

14 Tage Inzidenz: 289,18

Portugal

Gesamtfälle: 787.059

Todesfälle: 15.411

14 Tage Inzidenz: 589,92

Rumänien

Gesamtfälle: 763.294

Todeszahlen: 19.445

14 Tages Inzidenz: 171.96

Belgien

Gesamtfälle: 739.761

Todeszahlen: 21.720

14 Tage Inzidenz: 240,85

Schweden

Gesamtfälle: 615.964

Todeszahlen: 12.453

14 Tage Inzidenz: 396,46

Österreich

Gesamtfälle: 429.894

Todeszahlen: 8101

14 Tage Inzident: 212,44

Gesamt EU /EEA:

Gesamtfälle: 21.113.083

Gesamttodesfälle: 515.519

14 Tage Inzidenz: 305,80

Stand: 22.02.2021

(Quelle: www.ecdc.europa.eu)

Gesamt Welt:

Fälle: 111.114.777

Genesen: 62.655.760

Todesfälle: 2.461.436

Einige ausgesuchte Länder:

USA

Fälle: 28.147.867

Genesen: keine Angaben

Todesfälle: 498.654

Indien

Fälle: 11.005.850

Genesen: 10.669.410

Todesfälle: 156.385

Brasilien

Fälle: 10.168.174

Genesen: 9.095.692

Todesfälle: 246.504

Russland

Fälle: 4.117.992

Genesen: 3.672.084

Todesfälle: 81.926

Stand: 22.02.2021

(Quelle: Statistische Daten zum Coronavirus online)

Das Ziel der Bundesregierung ist es, mit einem umfassenden Impfangebot für die gesamte Bevölkerung die Pandemie wirksam zu bekämpfen. Dafür wurde eine Taskforce Impfstoffproduktion eingesetzt, deren Aufgabe es ist, die zeitnahe Produktion und Verteilung von Impfstoffen gegen das Coronavirus zu koordinieren. Eine Taskforce ist eine für eine begrenzte Zeit gebildete Arbeitsgruppe mit umfassender Entscheidungskompetenz zur Lösung komplexer Probleme (Definitionen aus Oxford Languages). Man kann es auch eine neue Einsatzgruppe nennen, deren Aufgabe es sein wird, mit den betroffenen Unternehmen gegenzusteuern, sollte es zu Engpässen in der Impfstoffproduktion kommen. Die Taskforce Impfstoffproduktion ist außerdem ein Ansprechpartner für Wirtschaft und die EU.

Die Taskforce Impfstoffproduktion wurde von den Ministern für Gesundheit, Finanzen und Wirtschaft eingesetzt und soll vor allem drei Ziele vorantreiben:

Die Produktionsprozesse für die Bereitstellung der erforderlichen Impfdosen für alle impfbereiten Bürgerinnen und Bürger in 2021 unterstützen.

Den Aufbau einer hinreichenden Industriestruktur zur Versorgung der Bevölkerung in Deutschland mit Impfstoffen

Dazu beitragen, den Forschungsstandort und Produktionsstandort Deutschland EU weit für die Impfstoffproduktion zu sichern.

Geleitet wird die Taskforce vom Vorstand der Bundesanstalt für Immobilienaufgaben, Christoph Krupp. Die Einsatzgruppe soll einem ebenfalls neu eingerichteten Staatssekretär Ausschuss berichten, dessen Leitung Wirtschaftssekretär Andreas Feicht übernimmt.

(Quelle: bundesregierung.de, WarnApp NINA)

Ab sofort, (ab 24.02.2021) tritt eine geänderte Impfverordnung in Kraft. Lehrkräfte und Kita Personal können ab sofort in allen Ländern geimpft werden. Auch Polizistinnen und Polizisten werden in einigen Bundesländern bereits geimpft. Ab diesem Datum können Beschäftigte in Kitas, in der Kindertagespflege, in Grundschulen und Förderschulen in den jeweiligen Bundesländern geimpft werden. So wird in einem Umfeld, in dem Abstand und Maske nicht immer möglich sind, zusätzliche Sicherheit geboten.

(Stand: 25.02.2021, Quelle: bundesregierung.de)

Bundesgesundheitsminister Jens Spahn erläutert mit einem Appell an die Bürgerinnen und Bürger: Wenn Sie die Möglichkeit bekommen, sich impfen zu lassen: Nutzen Sie sie.

Die Devise lautete bei einer kürzlich stattfindenden zweistündigen Online Diskussion gemeinsam mit RKI Chef Lothar Wieler und anderen Verantwortlichen:

Impfen gibt Zuversicht

Spahn betonte, dass sich Deutschland derzeit in einer echt schwierigen Phase der Pandemie befinde. Viele seien nach zwölf Monaten müde. Ein Kind, das zehn Jahre ist, hat jetzt ein Zehntel seines Lebens in der

Pandemie verbracht. Einerseits gebe es sinkende Infektionszahlen, andererseits tauchen die Virus Varianten auf. Das Impfen gebe Zuversicht und das Ziel sei klar: Wir wollen zurück zu unserem normalen Leben.

Spahn meint, dass Erzieher und Grundschullehrer bei der Priorisierung vorgezogen und in absehbarer Zeit geimpft würden. Dies sei gesellschaftlich wichtig. Dabei würden die Berufsgruppen mit einem hohen Infektionsrisiko berücksichtigt. Alle zugelassenen Impfstoffe sind wirksam und sicher. Spahn stellte auch fest, dies gelte auch für den den Impfstoff AstraZeneca: 70 Prozent Wirksamkeit heißt nicht dass 30 Prozent Menschen nicht geschützt seien. AstraZeneca verbessert für alle Geimpften den Schutz vor einem schweren COVID 19 Verlauf.

Leider betonte RKI Chef Lothar Wieler, das Virus werde nicht mehr verschwinden!

Um die Grundimmunität zu erreichen muss man selbst eine Infektion durchmachen oder sich impfen lassen, wobei impfen die wesentlich angenehmere Variante sei, so Wieler.

Die aktuellen Maßnahmen wie Maske tragen und Kontaktbeschränkungen müssten noch eine Zeit lang durchgehalten werden. Dabei zählt das Verhalten jedes Einzelnen in der Pandemie könne viel bewirken, meint Wieler.

Franzi von Kempis ist die stellvertretende Leiterin eines Berliner Impfzentrums und berichtete von ihrer Arbeit. Sie nehme eine positive und dankbare Stimmung wahr bei den Menschen, die in ihrem Impfzentrum eine Impfung erhalten. In ihrem Impfzentrum würden keine Impfstoffe vernichtet.

(Quelle: Warn App NINA, bundesregierung.de, Herausgeber der zitierten Quelle: BBK)

7. WEITERE AUSSICHTEN

Es wird schon über die nächste Phase der Öffnungen gesprochen. Die Friseure sollen bald öffnen, es wird viel diskutiert. Viele brauchen die Dienstleistungen wie Friseure, denn die Haare wachsen einfach weiter, die Haarfarbe wächst raus und der Ansatz muss neu gefärbt werden, oder die ganzen Haare. Für viele war und ist es eine Zumutung solch eine lange Zeit ohne Friseure auskommen zu müssen, für Männer ebenso wie für Frauen.

Ich habe meine Haare lange wachsen lassen und die Spitzen mit einem Serum aus der Drogerie gepflegt in dieser langen Zeit, damit es gut aussieht. Ich werde nicht sofort nach der Öffnung der Friseure zum Friseur gehen, da ich aus Sorge, dass da alle gleichzeitig hingehen, mich vor einer Ansteckung schützen möchte. Ich werde im Nachhinein hingehen, wenn die große Masse schon beim Frisör war, sonst ist da zu viel Betrieb und die Ansteckungsgefahr ist zu groß, trotz der strengen Hygienevorschriften.

Es wird noch nicht über die Öffnung der Sportvereine diskutiert. Ich war Mitglied eines Sportvereins, in dem ich regelmäßig Sportstunden der Gymnastik, Aerobic, Yoga und Pilates gemacht habe. Aufgrund des Coronavirus habe ich dann gekündigt, und die Sportstätte war sowieso geschlossen.

Es wurde in meinem Sportverein ein Onlineangebot gemacht, den ich anfangs genutzt habe, als ich noch Mitglied war. Jetzt mache ich regelmäßig Bauchübungen, Beinübungen nach Buchanleitung mit Bildern und Erklärungen und Übungen mit dem Thera Band zu Hause. Leider ist es nicht der selber Effekt wie im Sportverein, in dem man mit einer motivierten Gruppe, mit einem motivierten Trainer zusammen und toller Musik sehr intensiv trainiert. Ich empfinde leider, dass ich mich zu Hause selber nicht so gut motivieren kann, wie in einer Gruppe im Sportverein.

Aus diesem Grund möchte ich zunächst einmal meine Impfung abwarten, bis ich drankomme. Diese Impfung ist ja wie bereits erwähnt zweimal zu tätigen, um einen sicheren Impfschutz zu erhalten. Jedes Bundesland hat eine entsprechende Telefonnummer. Dort kann man sich melden, wenn die eigene Gruppe dran ist mit dem Impfen, und dann bekommt man einen offiziellen Impftermin im Impfzentrum zugewiesen.

Sobald ich also dran bin, werde ich mich mutig impfen lassen, mit großer Vorfreude, das Schlimmste überstanden zu haben. Mit Vorfreude auf einen neuen Start in einen neuen Lebensabschnitt mit dem Immunsein gegen das Coronavirus, das so viel Leid und Schmerz, das so viel Leben gekostet hat auf der ganzen Welt. Was ich dann machen werde ist, trotzdem an die Abstandsvorkehrungen und Schutzvorkehrungen zu achten, nach Vorschrift Maske zu tragen und meine Hände oftmals zu waschen. Vielleicht machen ja die Sportvereine wieder auf. Dann wäre es natürlich eine große Freude für mich, mich dort wieder anzumelden.

Noch sind wir mittendrin im Coronavirus Geschehen. Es ist sicherlich noch zu früh, sich Gedanken zu machen, was als Nächstes geschehen wird. Jedoch bleibt für mich ein kleiner Hoffnungsschimmer die Impfung, damit sich möglichst viele Menschen impfen lassen und eine Herdenimmunität erreicht wird in Deutschland und vielleicht überall auf der Welt, wo das Coronavirus stark ist.

Experten sagen, das Coronavirus bleibt, da bleibt für mich die Hoffnung auf die Impfung. Ich hoffe, dass sie möglichst gut und ohne Nebenwirkungen die gesamte Bevölkerung vor der Ansteckung und der Verbreitung schützen wird. Das ist auch nach Angabe der Experten ein Schritt in die Normalität, die von so vielen vermisst wird und nach der sich so viele in unserer Gesellschaft sehnen.

Was das Meiden von Kontakten und die Kontaktsperre anbelangt, so habe ich mich schon seit einem Jahr mit der Lockdown und den dazugehörigen Bedingungen, die Kontakte zu meiden, oder so weit es möglich ist zu reduzieren, abgefunden (Stand: 26.02.2021).

Ich habe es mir als Autorin zu Hause gemütlich gemacht, auch andere Termine wahrgenommen, und mich in dieser Zeit viel mit dem eigenen Ich beschäftigt. Ich habe herausgefunden, dass es eine schöne Zeit sein kann, viel Zeit alleine zu Hause zu verbringen, habe viel geschrieben, gelesen, es mir gemütlich gemacht, Zeit mit Schönheitsritualen verbracht. Einfach gesagt, ich habe es mir gut gehen lassen.

Ich habe mich sehr wenig mit Menschen getroffen, da unsere Bundeskanzlerin uns darum gebeten hat, Kontakte zu meiden. Jedoch habe ich mich ab und zu mit meiner Familie getroffen, oder wichtig Treffen wahrgenommen. Die Freunde habe ich weniger getroffen, aber ich habe es gar nicht derart vermisst, ich habe mich damit abgefunden, so als hätte ich mich in dem einen Jahr schon daran gewöhnt.

Trotzdem möchte ich die Zeit abwarten, in der die Menschen sich impfen lassen und die Fallzahlen deutlich sinken werden, was wir alle hoffen. Vielleicht kann ich mich wieder mit jemanden treffen, ins Café gehen, wenn die Gastronomie wieder aufmacht.

Denn obwohl ich das Alleinsein für mich entdeckt habe in dieser Zeit, viel Zeit mit guter Laune mit dem Schreiben und Lesen von Büchern alleine verbracht habe, möchte ich wieder auf Menschen zugehen und anfangen, erneut Kontakte zu pflegen. Es war und ist eine schöne Erfahrung für mich, viel Zeit im Alleinsein, aber ohne sich einsam zu fühlen, zu verbringen.

Denn es ist zu beachten, Alleinsein und Einsamkeit sind zwei verschiedene Wörter mit unterschiedlichen Bedeutungen. Wer allein ist, muss sich nicht einsam fühlen. Man kann sich auch in Gesellschaft mit vielen Freunden einsam fühlen, während man zu Hause in angenehmer Atmosphäre das Alleinsein genießen und zu den eigenen Wurzeln kommen kann. Ganz im Gegenteil, ich habe mich oft unter vielen Freunden einsam gefühlt, in Gesellschaft kann man sich auch einsam fühlen, vielleicht nicht verstanden.

Dies wird sicherlich nach der langen Zeit des Lockdowns und der Kontaktbeschränkungen eine große Umstellung für die gesamte Bevölkerung sein, wieder aus der Kontaktsperre in die Kontakte mit anderen Menschen zu gehen. Eine psychologische Umstellung wird es auch für die Kinder sein, wenn bald wieder die Schulen öffnen, da sie so viel Zeit mit Heimunterricht zu Hause verbracht haben.

Ich weiß es nicht, wie weit wir mit den Impfungen vorankommen werden diesen Sommer 2021, und ich hoffe, dass sich möglichst viele Menschen impfen lassen werden. Die Maskenpflicht werde ich so lange einhalten, wie es vorgeschrieben sein wird seitens der Verantwortlichen, obwohl ich mich nicht wohl mit der Maske fühle und lieber mit offenem Gesicht nach draußen gehen würde, also den Mitmenschen mein Gesicht gerne zeigen würde, es nicht so lange verbergen. Es ist unangenehm, Maske zu tragen, besonders im Sommer, wenn es heiß ist. Das wissen wir alle.

Trotzdem ist es wichtig, Maske zu tragen, überall dort, wo es vorgeschrieben ist, um die Ausbreitung mit dem Coronavirus zu beschränken.

Es bleibt zu hoffen, dass der Einzelhandel, sowie weitere Geschäfte, die Buchhandlungen, und auch die Gastronomie bald aufmachen, sowie die Frisöre und ähnliche Salons. Alle hoffen wieder auf Normalität.

Die Nachricht am 01.03.2021 gibt Auskunft über ein neues Virusvarianten Gebiet: die Französische Region Moselle. Es gelten Einreisebeschränkungen ab 02.03.2021. Dort wurde auffällig häufig die Sars CoV 2 Variante B.1.351 nachgewiesen. Die Einreisebeschränkungen gelten entsprechend der Coronavirus Schutzverordnung. Das RKI weist die Französische Region Moselle als Virusvarianten Gebiet aus. Damit gelten für dieses grenznahe Gebiet Beförderungsbeschränkungen von Einreisenden aus Virusvarianten Gebieten nach Deutschland. Es gelten die Einreisevorschriften und Testvorschriften nach der Coronavirus Einreiseverordnung. Ebenfalls gelten die einzelnen Quarantänevorschriften der angrenzenden Bundesländer Saarland und Rheinland Pfalz.

Einreisende aus der Region Moselle müssen grundsätzlich nachweisen, dass sie nicht mit dem Coronavirus infiziert sind. Als Nachweis gilt ein negatives Testergebnis mittels PCR oder PoC Antigentest, die Testabnahme darf maximal 48 Stunden vor Einreise vorgenommen werden. Das Beförderungsverbot gilt für den gesamten grenzüberschreitenden Verkehr, wobei nur eng begrenzte Ausnahmen zugelassen werden. An der Grenzregion werden verschärfte Kontrollen durchgeführt.

(Quelle: bundesregierung.de)

Diese Nachricht zeigt uns den Ernst der Lage in der aktuellen Situation im März 2021. Die Virusmutation ist unvorhersehbar und auch benachbarte Grenzgebiete sind leider stark betroffen, was eine Gefahr für uns in Deutschland darstellt. Die Fallzahlen steigen weiter an. Ein Ende der Corona Pandemie ist nicht in Sicht.

Trotzdem wünschen wir uns alle eine Besserung der Notsituation. Vielleicht kann das Leben mit den langsamen schrittweisen Öffnungen ab Mitte März 2021 ein Schritt weiter zur Normalität werden. Dass wir alle Masken tragen, wird wohl noch eine lange Zeit dauern müssen, und die Angst, angesteckt zu werden, wird uns sicherlich noch lange begleiten.

Mit den Impfmaßnahmen hoffen wir alle, dass die Besorgnis der Bevölkerung sich verringert. Die Aussichten sind zwar schwierig, aber es bleibt zu hoffen, dass die Wirtschaftshilfen der Wirtschaft helfen und sie nach einer Zeit der Stagnation wieder in den Aufschwung kommt.

ENDE

Die Autorin Ljuba Kabzan studierte Anglistik und Wirtschaftswissenschaften an der Universität Bayreuth in Deutschland und schloss das Studium mit dem Abschluss Bachelor of Arts ab.

Sie arbeitete in der Modebranche, darunter in einem angesagten Online Shop für junge Mode. Außerdem arbeitete sie als Sportjournalistin. Sie interessiert sich sehr für die Themen der Gesundheit, Politik und Zeitgeschehen.

Die akademischen Publikationen von Ljuba Kabzan wurden im veröffentlicht:

Unterdurchschnittliche Kursentwicklung von Börsenneulingen in einer Langfristperspektive.

American Modernism. Wallace Stevens Modernist Composition of The Man With The Blue Guitar.

Diese akademischen Titel von Ljuba Kabzan sind überall im Buchhandel erhältlich, und über die Online Shops der Buchhändler verfügbar.

Haftungsausschluss

Der Inhalt des vorliegenden Buches wurde mit großer Sorgfalt erstellt und geprüft.

Für Richtigkeit, Vollständigkeit und Aktualität der vorliegenden Schrift kann jedoch keine Garantie gewährleistet werden.

Auch für den Erfolg oder Misserfolg bei der Anwendung des gelesenen.

Der Inhalt spiegelt die persönliche Meinung und Erfahrung der Autorin wider, und verbindet auch Elemente der alternativen Meinung mit der aktuellen Wahrheit. Der Inhalt dient dem Unterhaltungszweck. Er sollte nicht mit medizinischer Hilfe verwechselt werden.

Juristische Verantwortung oder Haftung für kontraproduktives Verstehen, Ausführen, oder falsches Interpretieren von Text und Inhalt wird nicht übernommen.

Danksagungen

Danke an all die Menschen, die das Leben in dieser Notfallsituation ermöglicht haben. Das sind die Mitarbeiterinnen und Mitarbeiter in den täglichen Dienstleistungen und Geschäften, sowie die Menschen, die während der schwierigen Zeit mit mir den Weg gegangen sind und ihn noch lange gehen werden. Wir haben viele Nachrichten miteinander ausgetauscht, uns auf dem Laufenden gehalten und ich habe viel Unterstützung von einigen liebevollen Menschen erhalten. Durch das gegenseitige Austauschen über das Coronavirus blieb ich immer auf dem neuesten Stand. Menschen in meinem Umfeld konnten mir beistehen.